隠し剣 御留流

会津武士道3

森 詠

時代小説

二見時代小説文庫

JN067661

目次

『会津士魂』の早乙女貢氏に捧ぐ

隠し剣 御留《おとめ》流——会津《あいづ》武士道 3

第一章　御留流《おとめ》の闇

一

「龍之介《りゅうのすけ》、来るな。江戸へは決して来てはならぬぞ」

父牧之介《まきのすけ》は苦悶《くもん》に顔を歪《ゆが》めながら、圧《お》し殺した声でいった。

「父上、なにゆえに江戸に来るなと申されるのか」

龍之介は父に詰め寄ろうとしてもがいた。手足が思うように動かない。いったい、どうしたことなのか。

「龍之介、江戸へは来るな。お父上の言い付けを守れぬというのか」

今度は、兄の真之助《しんのすけ》が父の背後から現われていった。

「兄上まで、なぜ、そのようなことをおっしゃるのですか」

龍之介は思わず膝を進めようとした。父と兄は何も答えず、二人とも、ただ悲しげに首を左右に振るだけだった。

気付くと、父と兄の背後に、黒い球体の影が迫っていた。巨大な球体の影は、二人を上から飲み込もうとしていた。

「父上、兄上、危ない、逃げろ」

龍之介は咄嗟《とっさ》に怒鳴り、二人の腕を摑んで引っ張ろうとした。だが、手は二人に届かない。球体の影はみるみる膨れ上がり、父と兄を飲み込んでいった。

「龍之介ー」

父と兄の悲痛な呻《うめ》き声が耳に残った。

「父上！　兄上！」

龍之介は、はっとして上体を寝床から起こした。

夢だった。

それも、悪い夢だった。

首筋や胸元にかけて、びっしょりと汗をかいていた。雨戸の隙間から朝の鮮烈《せんれつ》な陽《よう》光《こう》が差し込んでいる。

いったい、何の夢だったのだ？

夢に現われた父上も兄上も、江戸には来るな、と必死に叫んでいた。いったい、どういうことなのか？

あのどす黒い球体の影は何なのか？

龍之介は幼い子どものころを思い出した。風邪《かぜ》をひき、高熱を出すと決まって黒々とした大きな影の玉が夢に現われて追いかけられる。幼い龍之介は、巨大な影の球に怯《おび》え、夜中に泣き叫んで、母や姉、兄たちを困らせたものだった。大概《たいがい》は父が登城して泊まり込みとなって帰らない夜だった。父が家にいないと不安に襲われたのだろう。

さすがに龍之介が大きくなり、元服《げんぷく》を終えたいまは、大きな球に追われる夢を見なくなった。久しぶりに恐い球体の夢を見たのだ。

龍之介は寝床から立ち、汗に濡れた寝巻を脱ぎ、褌《ふんどし》一つの裸体になった。

「龍之介、大声を出して、いったい、どうしたのです？」

隣の寝間の襖が開き、母の理恵《りえ》と姉の加世《かよ》が顔を覗かせていた。母も姉も寝巻姿だった。

裸の龍之介は、汗に濡れた寝巻を手にした。

「悪い夢を見ました」

理恵は龍之介に近寄り、寝巻を受け取った。

「まあ、汗でびっしょりになっている。加世、箪笥《たんす》から着替えの浴衣《ゆかた》を出して」

理恵は加世にいった。

「はい」

加世は急いで寝所に戻った。母は龍之介に優しくいった。

「大声で、父上、兄上、危ないと叫んでいましたよ」

「申し訳ありません。悪い夢を見てうなされてしまったのです」

「どんな夢を見たのです？」

「それが……変な夢なんです」

龍之介は頭を掻いた。開いた襖の間から、加世が浴衣を捧げ持つようにして現われた。

「さ、龍之介、これを着なさい」

加世は龍之介の肩に浴衣を掛けた。

「姉上、かたじけない」

龍之介は浴衣の袖に腕を通した。母が帯を龍之介の腰に回した。

「亡くなったお父様の夢を見たの？」

「はい。兄上も一緒でした」

龍之介は腰の帯を堅く結んだ。理恵と加世は、顔を見合わせた。

父望月《もちづき》牧之介は藩の御用所密事頭取として江戸屋敷に詰めていたが、ある日、突然に切腹して果てた。藩からは、父がある不祥事の責任をとって切腹した、と告げられた。だが、どのような不祥事だったかは、藩は保秘《ほひ》として明らかにしなかった。藩からは、望月家にはお家お取り潰《つぶ》し、花色紐《ひも》組の上士《じょうし》の資格剝奪《はくだつ》といった厳しい処分が出たものの、家老会議で再審議され、禄高二百石を百石に減らす処分と屋敷を藩に返還する処分が下された。そのため望月家は、小さな拝領屋敷に移り住むことになり、奉公人たちも減らさざるを得なくなった。

兄真之助は父の遺骨を引き取る名目で、江戸に出向いた。真之助は、龍之介に内々に父の自害の真相を調べると告げていた。その真之助が、突然に乱心し、若年寄一《いち》乗寺昌輔《じょうじまさすけ》に斬り付け、止めに入った警護の小姓《こしょう》三人を死傷させ、自分も斬られて死んだ。

筆頭家老一乗寺常勝《つねかつ》は、実弟昌輔が斬りかかられ、さらに小姓三人を死傷させたことに激怒した。そのため、龍之介は閉門蟄居《へいもんちっきょ》三ヵ月の処分を言い渡された。それだけでは収まらず、再度、望月家のお家断絶、拝領屋敷没収、上士の身分を剝奪、家禄没収、藩領外追放という途轍《とてつ》もなく厳しい処分が下された。

一乗寺常勝は、この時も、真之助乱心の真相を明らかにしなかった。そのこともあって、家老会議では、いろいろな異論が出て大揉めに揉めた。

結局、家老会議では、事実上の跡取りの龍之介への閉門蟄居三ヵ月の処分（一ヵ月後に取り消し）、拝領屋敷没収は決まったものの、望月家のお家断絶、上士の身分剝奪、家禄没収、藩領外追放の処分は、真之助の乱心の真相が不明だとして執行保留になった。

家老の西郷近思《さいごうちかもと》をはじめとする何人かが、筆頭家老一乗寺常勝が出した厳しい処分に異議を唱え、処分保留の仮執行停止にさせたのだった。拝領屋敷を追い出された龍之介たち一家は、とりあえず西郷近思が身元引受人となって預かることとなった。

母はため息をついた。

「旦那様も真之助も成仏できずに、まだこの世に迷っているのかしら。きっと残された私たちのことを心配して夢枕に立ったのでしょう」

「そうよ。龍之介、お父様やお兄様は、どんなことをいっていたの？」

加世は真顔で龍之介を見つめた。

龍之介は耳に残っている父と兄の声を思い起こした。

「父上も兄上も、それがしに江戸へは来るな、といっていた」

「どうして、来るなっていうのかしら？」

「さあ、それは分からない。父上も兄上も、それだけいうと、後ろから迫った黒い化け物の玉に飲まれて消えてしまった」

「黒い化け物の玉って何なの？」

加世は怪訝《けげん》な顔をした。母は目を丸くした。

「母上、それがしが幼いころ、風邪で高熱を出すと、決まって夢に出て来る、でかくて丸い黒い玉のような化け物の話を覚えておられますか？」

「まあまあ、龍之介は元服したというのに、まだ、そんな子どもの夢を見るというの？」

「いつも、そんな夢を見るわけではないんです。だが、今朝、久しぶりに黒い玉の夢を見たのです」

龍之介は頭を掻いた。

加世が深刻な面持ちでいった。

「お父様もお兄様も、夢枕に立ち、あなたに江戸へは来るな、といったのね」

「そうなんだ」

龍之介はうなずいた。加世は母と顔を見合わせた。

龍之介は、夢のお告げなんぞを信じてはいない。だが、今度の夢ばかりは、ただの夢とは思えなかった。

いったい、父上は、なぜ自害したのか。その謎を調べようとしていた兄上は、なぜ、乱心し、若年寄の一乗寺昌輔に斬り付けたというのか。その真相を、なぜ、藩執政たちは、龍之介たちに教えようとしないのか。そもそもは、それが謎を深めている原因だった。

母屋《おもや》の方から雨戸を開ける物音が響いた。西郷家の下女や女中が起きたのだ。

龍之介たち一家は、西郷家の広い屋敷の離れを与えられていた。離れとはいっても、母屋の屋敷とは一応別棟となっており、渡り廊下で繋がっている。将来、当主の隠居部屋にしようと造られた家屋だった。寝所と居間、台所や風呂場、厠や使用人の部屋も付いていた。

西郷家は望月家の奉公人の出入りも許してくれた。若党の長谷忠𠂉門《はせちゆうえもん》をはじめ、昔からの中間《ちゆうげん》や小者《こもの》、下男下女が、離れに住む望月家に通い、ほとんど無給で働き、龍之介たちの生活を支えてくれた。

理恵が龍之介にいった。

「さあ、ここはうちではないのよ。よそ様のおうちに仮住まいしているのですから、この屋敷の主である西郷様に決してご迷惑を掛けないよう、気を付けなさい」

「はい。母上、気を付けます」

龍之介は姿勢を正した。

たしかに母の理恵がいう通りなのだ。

龍之介はこれまで家老の西郷近思とは面識もなかったが、西郷近思は、父望月牧之介をよく知っていた。真之助とも面識があったらしい。

龍之介の恩師である指南役佐川官兵衛《さがわかんべえ》は、西郷近思の息子近悳《ちかのり》こと通称頼母《たのも》と親しい間柄にあった。佐川官兵衛は頼母に頼んで父近思に龍之介たちの身元引受人となってもらったのだ。重鎮《じゅうちん》である家老の西郷近思が望月家の身元引受人となった以上、藩政を牛耳《ぎゅうじ》る一乗寺常勝一派も文句のつけようがなかった。

それだけに西郷近思と、その息子頼母には恩義がある。たしかに母のいう通り、西郷家に迷惑をかけるわけにはいかない。

母は厳しい顔で龍之介にいった。

「龍之介、お顔を洗ったら、母屋を訪ね、西郷様にご挨拶し、何かお手伝いすることはないかと申し出なさい。このまま何もせず、お客さまとなって、お屋敷に居候《いそうろう》するわけにはいきません。私たちも奥方様にお願いして、家事を手伝わせていただいています」

「分かりました。お願いしてみます」

　龍之介はうなずいた。

二

　龍之介の申し出を聞いた西郷近思は、白い髭《ひげ》の顔を綻《ほころ》ばせ、弱々しく笑った。

「ははは。たいへんな目に遭っているのは、おぬしたちだ。わしの屋敷にいる間は何も遠慮することはない。気を使う必要はないぞ」

「とおっしゃられても、それがしとしては、ただお世話になっているのは心苦しいのでございます。なにとぞ、それがしにできそうなことをお申しつけください。ぜひにお願いいたします」

　龍之介は両手を畳につけ、近思に頭を下げた。

　近思は腕組みをし、ため息をついた。

「実は、おぬしの父牧之介を御用所の密事頭取に推《お》したのは、わしだった。わしは、若いころから牧之介を、大変有能かつ誠実で、藩への忠誠心もある人物だと買っていた。だから、一乗寺がわしに、腕が立ち、口が堅く、藩への忠誠心がある、信頼できる藩士はいないか、と相談して来た時、わしは一も二もなく、おぬしの父牧之介を思い浮かべた。それで一乗寺に、望月牧之介をおいて他にはいない、と薦《すす》めたのだ」

西郷近思は、それだけいうと激しく咳《せ》き込みはじめた。龍之介は、どうしたものか、とおろおろした。やがて、咳が治まり、近思はぎょろりと目を剝《む》いていった。

「わしは後悔しておるのだ。もし、あの時、牧之介を推薦していなかったら、お父上は自害などしなかったのではないか、と思うてな。わしの方こそ、おぬしたちに本当に済まぬことをしたものだと心苦しく思っているのだ。だから、おぬしたちを我が家に引き取ったのは、せめてもの償《つぐな》いの気持ちからなのだ」

龍之介は顔を上げ、近思に感謝の念を伝えた。

「それがしたちを引き取っていただいて、本当にありがとうございます」

「おぬしの兄の真之助も、気の毒なことであったな。わしは日新館《にっしんかん》にいた真之助をよく存じておる。正義感の強い、曲がったことが嫌いな若者だった。冷静沈着な藩校生だと思った。その真之助が乱心するなどとは、わしは信じられない思いだ」

近思はまた軽く咳き込んだ。

龍之介は近思の咳が止むのを待っていった。

「お願いがございます。御家老様、もし、ご存じならば、なぜ、父は自害したのか、その訳を教えてくださいませぬか？」

近思は弱々しく頭を振った。

「龍之介、それはできぬ。家老会議で保秘と決めたことを、家老のわしが破るわけにはいかぬのだ」

龍之介は、両手をついて謝った。

「そうでした。申し訳ありません。それがし、御家老様の御立場を考えもせず、勝手なお願いをしてしまいました。どうか、未熟者のそれがしをお許しください」

近思は微笑みながらうなずいた。

「だが、龍之介、これだけは申しておく。牧之介も、真之助も、忠義者だった。二人とも、御上《おかみ》のため、ひいては会津《あいづ》藩のために忠義を尽くして身を犠牲にした。そのことは信じていいぞ」

近思はこんこんと咳き込み、湯呑み茶碗の茶を啜るように飲んだ。

「ともあれ、わしが昔のように若く元気であれば、一乗寺常勝や北原《きたはら》嘉門《かもん》をのさばらせることなく、藩政を行なうことができただろうが、いまは、もう駄目だ。年は取りたくないものよのう」

「まだまだ御家老様にはお元気でいていただき、よりよき藩政を導いていただかなくては」

「どうも、最近は体調が悪くてのう。そろそろわしは引退し、家督《かとく》を息子の近悳に譲ろうかと思うておる」

いわれてみれば、西郷近思の顔には、あまり生気《せいき》がなかった。近思本人もいうように、体調はかなり思わしくないらしい、と龍之介は思った。

書院の間の廊下に人の気配がした。襖越しに女の声が聞こえた。

「旦那様、朝のお薬のお時間です」

「うむ。奥、入ってくれ」

「はい」

襖が滑るように開き、毅然《きぜん》とした面持ちの年配の女が正座していた。近思の正妻律《りつ》子《こ》だった。龍之介は律子にお辞儀をした。

「お邪魔をいたしておりました。お薬のお時間とは、気付かずに失礼いたしました」

龍之介は近思に向かい、あらためて頭を下げた。

「御家老様、それがし、これにて下がらせていただきます。どうぞくれぐれも、お躯をお大事になさってください。ご無理をなさらぬようお願いいたします。では失礼いたします」

龍之介は、律子夫人に一礼し、入れ替わるように書院から廊下に出た。

三

日新館の道場から、激しく竹刀《しない》を打ち合う音や床を踏み鳴らす音が響いてくる。

龍之介は大きく深呼吸をし、胸を張って、道場に足を踏み入れた。門弟たちは揃って打ち込みと切り返しの稽古を繰り返している。初心者や下級生たちの練習時間だった。上級者の稽古は、この後になる。

龍之介は道場の入り口に立ち、道場正面の神棚に腰を斜めに折って立礼した。見所《けんぞ》には、指南役の佐川官兵衛が正座し、門弟たちの稽古の様子を見ている姿があった。

龍之介は姿勢を正し、見所の佐川官兵衛にも、腰を折って一礼した。

佐川官兵衛が顎をわずかに動かし、うなずくのが見えた。先生は門弟たちの稽古だけでなく、誰が道場に入って来るのかも目敏《めざと》く見ているのだった。

龍之介は竹刀を携え、腰を低くし、道場の控えの間に進んだ。控えの間には誰もいなかった。上級者は来ていない。北原従太郎《じゅうたろう》も、一乗寺恒之介《つねのすけ》も、まだ姿を現わしていない。龍之介は、正直、二人のどちらにも出来れば会いたくなかった。会えば必ず何かの口実を作って、取り巻きたちが龍之介にちょっかいを出してくる。

龍之介の竹刀を隠したり、稽古着に水をかけておいたり、脱いで畳んで置いた小袖や袴を庭に放置したり、姑息《こそく》ないじわるをする。それでもって、龍之介を嘲笑《あざわら》い、北原従太郎や一乗寺恒之介のご機嫌を取ろうというのだ。

はじめは誰がやったのか、と詮索《せんさく》する気持ちが起こったが、何度もそうした悪戯《いたずら》をされるうちに慣れっこになった。稚《いとけな》い子どもじゃあるまいし、いつまでも児戯《じぎ》に等しい悪戯しか出来ない取り巻き連中に対して、大人になれない情けない連中だと哀れむだけだった。

龍之介は控えの間で背負っていた弁当の握り飯の包みを外し、籠の底に入れた。小袖や袴を脱ぎ、持参した稽古着に着替えた。脱いだ小袖や袴は、きちんと畳み、上級者用の籠に収めた。周囲には、いま稽古をしている下級生たちの着物を入れた籠がずらりと並んでいる。

龍之介は胴と垂れ、籠手《こて》を着け、面《めん》を被《かぶ》ってから立ち上がった。竹刀を提《さ》げ、道場にゆっくりと足を進めた。

「おう、龍之介、参ったか。早いな」

師範の伴康介《ばんこうすけ》が龍之介に気付いて声をかけた。

「まだ上級者の時間ではないぞ」

「はい。後輩たちの相手をして、少し軀を稽古に慣らそうかと思いまして」

「そうか。では、ここにいる下級生たちの打ち込みの相手をしてくれ」

「はいッ。分かりました」

伴康介は一列に並んだ下級生たちを見回した。

「いいか。みんな、ここからは、それがしに代わり、望月龍之介先輩がおまえたちの打ち込み稽古の相手をする。いいな」

「はいッ。よろしくお願いします」

下級生たちは一斉に返事をした。

龍之介は伴康介と交代し、下級生たちの前に立った。下級生たちは一列に並んで、龍之介を見つめている。同じ町内の顔見知りの後輩たちばかりだった。

「先輩、お願いします」

後輩たちは一斉に声を揃えて叫んだ。

「よし。ひとりずつ、遠慮なく打ち込んでこい」

龍之介は竹刀を中段に構え、後輩たちの打ち込みに備えた。先頭の子が竹刀を上段に振り上げ、摺り足で一気に飛び込み、竹刀を龍之介に打ち込んできた。

エーイ！

黄色い気合いがかかり、竹刀を龍之介に打ち込んでくる。龍之介は軽く竹刀で相手の竹刀を受け流した。後輩は打ち込んだ勢いのまま、脇を擦り抜けた。

「次！」

龍之介は怒鳴った。

続いて二番手の大柄な下級生が勢いよく竹刀を打ち込んでくる。龍之介は竹刀で受けながらも、面への打ち込みを許した。小気味いい打突音《だとつおん》が道場内に響く。龍之介は、面に受けた打突で、頭に痛みを覚えた。いくぶん心地よい痛みだった。龍之介はにやっと笑った。

「なかなか、いいぞ。次」

三番手の子は、小柄ですばしっこい動きで、龍之介に打ち込んできた。龍之介は竹刀を掲げ、その子の打突を受け止めた。

「よし、元気があっていい。次！」

小柄な子は面越しに白い歯を見せて喜んだ。

次から次に、切れ目なく下級生たちは龍之介に打ち込んでくる。龍之介は夢中で可愛い後輩たちの打ち込みを受けては、切り返した。

戟門《げきもん》の太鼓の音が轟《とどろ》いた。午前の部の終了を告げる太鼓だった。

それとともに道場に「やめ」の声が響いた。龍之介は、気合いもろとも打ち込んできた下級生の竹刀を竹刀で受け、切り返して打ち込み稽古を終わりにした。

「下級生整列！」

下級生たちは騒《ざわ》めきながら整列した。

師範や師範代も門弟たちの前に居並んだ。龍之介も師範代の後ろに並んで立った。

師範の伴康介が大声でいった。

「午前の稽古は、これで終わる。午後は上級者のかかり稽古だ。見学したい者は、申し出るように。以上だ」

「気を付け！　先生方に礼！」

下級生たちの長が号令をかけた。下級生たちは一斉に「ありがとうございました」と唱和し、腰を折ってお辞儀をした。

「解散！」

師範の伴康介が怒鳴るようにいった。

下級生たちは、駆け足で道場から出て、控えの間に入って行った。

龍之介は道場の壁際に正座し、面を脱いだ。頭の手拭いを外し、びっしょりとかいた汗を拭《ぬぐ》った。

だいぶ全身の筋肉が解《ほぐ》れたのを感じた。このところ、稽古はしていない。しばらく稽古をしていないと、軀が鈍《なま》ったように感じる。

午前中の授業を終えた藩校生たちが、わいわいと騒がしく道場に入って来た。生徒たちの中にいた小野権之助《おのごんのすけ》が真っ先に龍之介を見付けて手を上げた。

「おーい、龍之介、来ていたのか」

五月女文治郎《さおとめぶんじろう》や河原九三郎《かわはらくさぶろう》もいた。みな什《じゅう》の仲間だ。

「しばらく学校に顔を見せないので、もしや、病気にでもなったか、と心配しておったぞ」

「龍之介は病気にかかるほど柔《やわ》な男ではないぞ。病気の方が避けて通る男だ」

みんなから遅れて現われた鹿島明仁《かしまあきひと》もにっこりと笑顔になった。

「少し痩せたんじゃないですか」

什の仲間は、どかどかと龍之介の周りに集まった。

「おぬし、下級生の稽古相手をしておったのか。ご苦労ご苦労」

河原九三郎がにやにやと笑った。

「打ち込みを受けるのは、結構、上級者でもしんどいもんだ。あらかじめちゃんと打ち込む箇所を決めてあるのに、竹刀をやたら振り回し、どこに打ち込んでくるのか分からないからな」

五月女文治郎がしたり顔でいった。

小野権之助が腹をさすった。

「おい、龍之介、腹が空《す》いただろう。午後の稽古になる前に、昼飯を食おう。おぬし、弁当、持って参ったのだろうな」

「うむ。控えの間に置いてある」

「すぐに持って来い。外で食おう。庭の楠《くすのき》の涼しい木陰で食うメシはうめえぞ」

権之助が笑いながらいった。

「そうしよう」

「メシだ、メシだ」

「衆議《しゅうぎ》一決《いっけつ》」

文治郎と九三郎、明仁も賛成した。

「じゃあ、弁当を持って来る」

龍之介は腰を上げた。汗を拭った手拭いを首に巻き、下級生たちでごったがえしている控えの間に戻った。

小袖や袴を入れた籠が消えていた。下級生たちの籠の一番端に置いたはずなのに。

「それがしの籠を知らぬか？」

龍之介はあたりを見回し、近くの下級生たちに尋ねた。下級生たちは困った顔で、ちらりと控えの間の廊下を目で指した。廊下に面した出入口付近に北原従太郎と、その取り巻きの佐々木元五郎《ささきげんごろう》たち数人が屯《たむろ》し、龍之介の方を見てはくすくす笑い合っていた。

また、あいつらか。

龍之介は北原従太郎を睨《にら》み返した。

北原従太郎は龍之介に冷ややかな一瞥《いちべつ》を投げると、佐々木元五郎に行こうと目配《めくば》せし、くるりと向きを変え、廊下を歩き出した。佐々木元五郎ら取り巻きたちが肩を怒らせ、北原従太郎の後について行く。

出入口付近の床には龍之介の小袖や袴が散らばっていた。北原たちがいなくなると、近くにいた下級生たちが、散らばっていた小袖や袴に駆け寄り、拾い上げて空いた籠に戻した。

「望月先輩」

下級生たちは籠を抱えて龍之介のところに運んで来た。下級生たちはすまなそうな顔をしていた。

「ありがとう」

龍之介は下級生たちに礼をいった。

下級生のひとりが、部屋の隅に投げ捨てられていた筍《たけのこ》の皮と風呂敷を拾い上げ、龍之介に手渡した。

「あの先輩たち、望月先輩の握り飯だろう、って笑いながら、みんなで分け合って食べてしまったんです。自分は止める勇気がなくて、黙って見ていました。御免なさい」

下級生は泣きそうな顔で謝った。

「ははは。気にするな。それがしが、籠に一緒に入れておいたのがいけなかったのだ。やつら、相当腹が減っていたんだろう」

龍之介は笑い飛ばした。腹が立つが、食われてしまったものを取り戻すことは出来ない。

そんな挑発に乗って、彼らと喧嘩をしても仕方がない。

筍の皮には、梅干しの果肉や赤紫蘇《あかしそ》の残りがこびりついていた。母が朝、握ってくれた大きな握り飯だった。

「おい、どうした？」

権之助がやって来て、龍之介に訊いた。

龍之介は筍の皮を撮《つま》み上げながらいった。

「北原たちに、昼飯を食われてしまった」

「あいつら、しようがないなあ。少し目を離すと、すぐに龍之介にちょっかいを出す。どうする？　あいつらを追い掛けて、二度とやらないよう、懲《こ》らしめるか」

「握り飯二個を返せといって、あいつらと喧嘩をするのか？　馬鹿馬鹿しい。そんなに欲しかったのなら、握り飯ぐらい、くれてやるさ」

「仕方ない、龍之介、おれの握り飯を分けてやる。みんなのところへ行こう」

権之助は道場の外の中庭に顎をしゃくった。

外は夏の太陽が照りつけ、うだるような暑さだった。近くの林からアブラ蟬やミンミン蟬の鳴き声が沸き立っていた。

道場館から中庭に出ると、文治郎や九三郎、明仁の三人は、楠の木陰に座り、弁当や握り飯を食べていた。

楠の大木からも蟬が喧《やかま》しく鳴き立てていた。

大木の根元に、龍之介は権之助と一緒に並んで座った。権之助は風呂敷包みを開き、筍の皮に載せた握り飯を差し出した。瓜《うり》ほどもある特大の握り飯が三個並んでいる。

「どれも、梅干しや赤紫蘇が中に入っている」

「悪いな。じゃあ、遠慮なくいただく」

龍之介は瓜ほどもある握り飯を一個取り上げた。

文治郎が自分の握り飯を頰張りながら訊いた。

「あれ、龍之介、弁当を持って来なかったのか？」

「稽古をしている間に、北原たちに食われてしまったんだ」

権之助が大口を開いて、特大の握り飯に齧り付きながらいった。

「ひでえ連中だな。で、北原たちを追い掛けたのか？」

「いや。龍之介は、そんなことで動じる男ではない。見逃してやった。九三郎が怒った。だから、気の毒になり、おれの握り飯を分けてやることにしたんだ」

「そうか。龍之介、おれの味噌握りを食うか。分けてやるぞ」

九三郎は残っていた最後の味噌握りを龍之介に差し出した。

「あ、大食漢の九三郎から取り上げるのは酷だ。おれの握り飯を食えよ。高菜《たかな》とシャケの握り飯だ」

文治郎も筍の皮に載せた残り二個の握り飯を出した。

「それがしの弁当の残り半分しかないけど、もう腹一杯だから、龍之介にやるよ」

明仁も漆塗《うるしぬ》りの弁当箱を龍之介に渡そうとした。

「みんな、気遣ってくれてありがとう。しかし、おれは権之助のこのでかい握り飯一つで満腹だ。午後の授業に備えて、みんな腹拵えしてくれ」

「そうか。じゃあ、龍之介、悪いな」

九三郎は舌なめずりし、味噌握りをぱくついた。

権之助は文治郎の握り飯にさっと手を伸ばした。

「悪いな。文治郎、おれが龍之介の代わりに、おまえの握り飯一個いただくぜ」

「ええ？　それ、おれが好きなシャケの切り身が入ったやつ。おまえには、でかい握り飯があるじゃないか」

文治郎は憤然《ふんぜん》とした。権之助は笑いながら、シャケの握り飯を大口で頬張った。

「でかくても、もう梅干しは飽きた。ちょうどシャケの握り飯が食いたかったところだ」

「そんな」

「文治郎、情けない顔をするな。代わりに、おれのおふくろが作ってくれた特大の握り飯をやる。交換だ」

権之助はシャケの握り飯を全部口の中に入れ、手にした特大の握り飯を文治郎の手の上に載せた。

「この握り飯はでかいが、白飯に梅干しの塩味が染み込んでいて、なかなかいい味の握り飯だぜ。な、龍之介、うめえだろ」

「うん。うまい。おふくろさんの想いがたくさん詰まっている。これは絶品だ」

「だろう？　な、文治郎も食ってみろ」

権之助はうれしそうに笑い、残った特大の握り飯にぱくついた。

九三郎は自分の味噌握りをぺろりと食べ、文治郎が手にした特大の握り飯に目を凝《こ》らしていた。

「文治郎、そのでかい握り飯、半分、おれにくれぬか。おれも権之助のおふくろさんの想いとやらを味わいたい」

「ああ、いいよ」

文治郎は笑いながら、特大の握り飯を半分に分け、九三郎に渡した。

権之助が真顔になり、龍之介に訊いた。

「龍之介、家老の西郷家での間借り生活は、どうだ？　何かと暮らし難《にく》いところがあるんじゃないか？」

「うん。ないといえば嘘になる。なにしろ、自分の家ではないんだからな。何をするにも肩身が狭い。いわば、居候のようなものだからな。西郷家に、どうしても遠慮せねばならない。ま、それがしが望月家を正式に継ぐことができるまで我慢するしかない」

「では、やはり、指南役佐川官兵衛様がいうように、御前仕合いに出て勝つしかないな」

「うむ。それしかない」

龍之介はしっかりとうなずいた。

明仁が弁当箱を風呂敷に包みながらいった。

「御前仕合いには、会津藩に仕官したいと願う剣客が諸国から名乗りを上げてくるそうだ」

「御前仕合いまで、あと三ヵ月しかない。龍之介、大丈夫か」

文治郎が心配顔でいった。九三郎が笑った。

「文治郎、おまえは心配性だな。まだ三ヵ月もあるんだ。いまの龍之介ならば、三ヵ月もあれば、さらに強くなる。おれはそう信じている。なあ、権之助」

権之助は頭を左右に振った。

「おれは、龍之介には悪いが、そう甘くはない、と思っている。よほど頑張って剣の修行をしないと、御前仕合いに勝ち残れないと思っている」

「うむ。それがしも、そう思っている。いまのそれがしの腕前では、伴康介師範や相《そう》馬力男《まりきお》師範代にも勝てない。まして、指南役の佐川官兵衛様にもとても及ばない」

龍之介は素直に己れの腕前を見極めながらいった。

「では、どうするのだ？　いまよりも上達する方策はあるのか？」

龍之介は腕組みをし、抜けるような青空を見上げた。

「ないことはない」

「どういうことだ？」

権之助が訝《いぶか》った。龍之介はいっていいものかどうか逡巡《しゅんじゅん》した。

御前仕合いに出るように、龍之介に薦めたのは、西郷頼母と指南役の佐川官兵衛だった。

御前仕合いで勝ち残れば、御上容保《かたもり》様にお目通り出来る。その際に望月家のお家再興を直訴《じきそ》すればいい。

佐川官兵衛は指南役として、道場での龍之介の腕前を見極めて、そういったに違いない。

だが、龍之介は、佐川官兵衛がそういった言葉の裏に、まだ奥の事情があるのではないかと思った。

天狗老師《てんぐろうし》について真正会津一刀流《しんせいあいづいっとうりゅう》の修行をしていた時、天狗老師は、ふと洩らした言葉に、日新館道場の誰かと繋がりがあることを匂わせていた。その誰かから龍之介のことを聞いているともほのめかしていた。

天狗老師と繋がりがある誰かとは、きっと指南役の佐川官兵衛に違いない。それが龍之介の推察だ。

佐川は天狗老師から、龍之介の修行の様子を聞いていたのではないのか。龍之介が、さらに修行すれば、御前仕合いに出場出来るくらいに剣の腕が上達する、と佐川は判断し、龍之介に提案したのではないのか。

もし、天狗老師の指導の許《もと》で、さらに修行を積めば……そこまで考え、龍之介ははたと困った。天狗老師から、御前仕合いに出るなら、即破門だといわれていた。

だが、こうなったら、天狗老師に直接にあたって、御前仕合いに出ることを許してもらうしかない。そうだ、佐川官兵衛様にも天狗老師を説得していただくようにお願いしよう。それしか道はない。あたって砕けろだ。

龍之介は、そう決意すると、少し気が楽になった。

権之助が笑いながらいった。

「龍之介、その自信ありげな顔付きは、何か秘策があるのだな」

「うむ。あることはある。うまくいくかどうかの問題だ」

龍之介は静かにうなずいた。

明仁も文治郎も九三郎も、顔を見合わせ本当かな、という顔をした。

四

龍之介は師範室の戸口の前に正座し、声をかけた。

「佐川官兵衛先生、いらっしゃいますか」

龍之介は師範室に佐川官兵衛が戻ったのを、しかと見届けていた。

返事はない。

龍之介はいま一度声を張り上げた。

「佐川官兵衛先生にお願いがあります」

「そこにおるのは、誰だ？」

「望月龍之介にございます」

師範室の中で人の動く気配がした。龍之介は、戸口の板戸の前に平伏した。

板戸ががらりと開き、佐川官兵衛が顔を出した。佐川官兵衛は、諸肌《もろはだ》を脱ぎ、上半身裸になっていた。手には濡れた手拭いが握られていた。稽古でかいた汗を拭っていた様子だった。

「うむ。望月か。入れ」

「失礼いたします」

龍之介は立ち上がり、佐川の後ろに付いて、中腰の姿勢で部屋に入った。

佐川は濡れ手拭いで喉元や胸元の汗を拭い、着物の袖に腕を通した。

「望月、突然に、どうした？」

「先生にお願いがございます」

佐川は笑みを浮かべた。

「お願いだと？　いったい、どういう願いだ？」

「天狗老師に、それがしが御前仕合いに出ることを許していただけるよう、先生からもお口添えをしていただけませんでしょうか？」

佐川官兵衛は呆気《あっけ》にとられた面持ちで龍之介を見ていた。

「なに天狗老師にだと」

「天狗老師とは何者だ？」

「先生もご存じのはず」

官兵衛はにやりと頬を崩して笑った。

「天狗のことは存じておるが、天狗老師なる者は知らぬな。何者なのだ？」

龍之介は一瞬、困った。天狗老師と繋がりがある誰かとは、官兵衛ではなかったのか。

どうしようかと龍之介は思った。もしかして、佐川は知っていて知らぬふりをしているのかも知れない。そうに違いないと思い直して話を続けた。

「先生は飯盛山《いいもりやま》に天狗が棲んでいて、時に人に悪さをするということはご存じですよね」

「知らないでもない。この世に天狗などはいない。子ども騙《だま》しの噂《うわさ》だろう」

官兵衛はにやにや笑った。龍之介は構わずに続けた。

「それがしたちも、天狗などいるはずがない、と思っていました。それである日、度胸試しに、仲間と連れ立って、天狗退治に飯盛山に乗り込んだのです」

「ほほう。で、天狗はいたのか？」

「天狗は出て来ました。だが、それがしは、あれは天狗の面《めん》を被った人間に違いないと思ったのです。それで、それを証明するため、天狗を罠にかけ、それがしが躍りかかって、天狗の長い鼻に竹刀を打ち下ろしたのです」

「それで？」

「長い鼻は見事にぽっきりと半分から折れました」

「ははは。天狗の鼻が折れたか」

官兵衛は可笑《おか》しそうに笑った。

「天狗は、やはり天狗のお面を被った人間でした。それも老人。しかしただの老人ではありませんでした」

「ほう。ただの老人ではなかったというのか」

「はい。年寄りなのに、山猫や虎やカモシカのように身軽に山野を駆け巡る。若い我々など、まったく追い付けぬほど敏捷《びんしょう》で、しかも棒術や剣術が強い。我らのような未熟者が、束になってかかってもかないそうもない仙人《せんにん》のような御方でした」

「仙人のう」

官兵衛はにやにやと笑った。

「先生は天狗老師のことをご存じなのでしょう？」

「噂は聞いている。飯盛山には、天狗が棲んでおり、時折、腕自慢の血気盛んな若者の鼻をへし折っているとな。だが、おぬしの話では、それが逆の話になった。おぬしが、その天狗の鼻をへし折ったというのだから、さぞ天狗も驚いたことだろうな」

官兵衛はやれやれと頭を振った。

「それで、天狗だった老人はどうした？」

「それがしたちは、誉めていただきました」

「さようか。それは良かった。天狗の鼻を折ったのだからな。誉められてしかるべきだろう。それでどうした」

「それがし、天狗老師の山岳剣法を見せていただきました。天狗老師は、足場のひどく悪い岩場でも、どんな荒れ地、草っぱらでも平気の平左《へいざ》、跳び回って杖を振るうんです」

「ふむ。天狗だもののう。そうであろうな」

「はい。天狗老師はいわれました。日新館道場の板の間剣術は、実戦に役立たぬ、と。御免なさい、先生。それがしは、そうとは思っておりません」

「ははは。構わぬぞ。おぬしではなく、天狗老師がいっておったのだろう？」

「はい。それがしの考えではありません」

龍之介は頭を掻いた。

官兵衛は真顔になった。

「天狗老師がそういうのも一理《いちり》ある。だが、我々が日新館道場で、おぬしたちに剣を教えるのは、ただ剣術が上手《うま》くなることだけをめざしているわけではない。いくら剣の技を磨いても、剣の心を忘れてはならない。武士として生きる士道を学ばねば、本当の意味で強くなったとはいえん」

「はい」龍之介は、うなずいた。

「剣を習うということは、武士として、人の道を究《きわ》めることでもある。ただ剣に強くなっても、武士の魂なくしては、本当の強さではないぞ」

「はい」

龍之介は、きっと佐川指南役なら、天狗老師に、そう反論するだろうなと予想していた。

「それがし、そうしたことが分かった上で、なお、天狗老師の山岳剣法を学びたいと思い、天狗老師に、ぜひとも、それがしを弟子にしてください、とお願いしたのです」

「ふむ。それで、弟子入りしたのか」

「はい」

「それで、どうしたというのだ？」

「はじめは、ただ丸太の横木への打ち込みから始め、丸太をへし折ることができるようになってからは、磐梯山《ばんだいさん》に籠もり、本格的な山岳剣法を修行することになりました」

「それはよかった。たしかに道場の板の床の上での修行とは違うからな。おぬしの道場での動きを見ていて、おぬしが日新館道場以外で修行を積んでいるな、と見ていたが、やはり、そうだったのか」

「はい。そうした最中に、兄真之助の乱心事件が起こり、それがしは修行を中断せざるを得なくなりました」

「うむ。そうか」

「それがし、先生からいわれたように、なんとしても御前仕合いに出て、御上の前で勝ち名乗りを上げ、お家を再興しようと思いました」

官兵衛はぎょろりと目を剝いて、龍之介を睨んだ。

「言うは易し、行なうは難し、だ。おぬしが思う以上に、難問が待ちうけておるぞ」

「はい。覚悟しております。ですが、先生、その前に、それがし、まずもって御前仕合いに出るほどの力を持っておりましょうか。先生から見て、どう思われましょうか？」

龍之介は恐る恐る訊いた。

官兵衛は答えず、にんまりと笑った。

「龍之介、もし、わしが、おぬしには、そんな力はまだない、と申したら、おぬしは御前仕合いに出るのを諦め、おとなしく引き下がるのか？」

龍之介は答えに詰まった。

「……。いえ、そういうわけではありません」

「だったら、訊くな。御前仕合いに出ると考えたら、なんとしても出る努力をしろ。最善を尽くしても出られなかったら、それがおぬしの運命だ。その時は諦めろ」

「はい。ただ、己れに、果たして御前仕合いに出る力があるのか、と不安を覚えたのです」

官兵衛はうなずいた。

「はっきり、いおう。龍之介、おぬしには、類《たぐ》い稀《まれ》なる剣の才能がある。ただし、まだまだ未熟だ。いまのままでは、御前仕合いに出ることは難しい。あと三ヵ月の間に、剣の心を摑め。剣のなんたるかを摑むことができれば、剣の技はおのずと付いてくる」

「剣の心を摑むのですか？」

龍之介は目をぱちくりした。剣の技を磨けといわれるかと思っていたので、官兵衛の言葉は意外だった。

「だが、いっておく。剣の心を摑むといっても、孔子《こうし》や孟子《もうし》といった漢才《からざえ》をいくら学んでも見つからないぞ。漢心《からごころ》に剣の心はない。我らは大和人《やまとびと》だ。我らの心に宿る大和心《やまとごころ》に目覚めることが、なによりも大事だ」

「大和心ですか？」

龍之介はきょとんとした。日新館においては、孔子廟《びょう》があるように、孔子を尊敬し、先生方から藩校生は、四書五経《ししょごきょう》の漢籍から儒教《じゅきょう》を学び、人としての道を教えられている。

「論語《ろんご》や朱子学《しゅしがく》を学ぶのは、人の道に通じるゆえ大事なことではあるが、大和心とは違う。おぬしは大和人だ。大和人は大和心に目覚めねばならない」

「はあ」

龍之介は官兵衛の思わぬ言葉に戸惑いを覚えた。

官兵衛は突然、目を瞑《つむ》り、朗々と和歌を諳《そら》んじた。

しきしまのやまとごころを人問はば、朝日に匂ふ山桜花《やまざくらばな》。

官兵衛は目を開けた。

「これは、本居宣長《もとおりのりなが》という国学者が詠《よ》んだ歌だ。どうだ、分かるか？」

龍之介は口の中で、いまの和歌を繰り返した。繰り返しているうちに、歌の心が龍之介の心にも通じてくるように思った。

「……はい。なんとなく、分かるような気がします」

「漢詩とは、言葉の響きも味わいも、えらく違うだろう？」

「は、はい」

「漢詩のような明確な言葉で語られていないが、大和の人間にはよく分かる情緒があるだろう」

「はい。なんとなく感じるものがあります」

「まず、それが分かれば、剣の心に通じる第一歩になる。よろしい、よろしい」

官兵衛はひとり合点《がてん》するようにうなずいた。

龍之介は、気を取り直し、いま一度、官兵衛に願った。

「天狗老師は、それがしが御前仕合いに出れば、破門にするといわれました。なんとか、先生にそれがしが御前仕合いに出られるよう、天狗老師に口添えしていただけないでしょうか」

「なぜ、それがしに、そんなことを頼むのだ？」

「天狗老師は、日新館道場の偉い地位にある方と通じているような口ぶりでした。それで、きっと天狗老師が懇意《こんい》にしているのは、佐川先生だろう、と思いまして、お願いに上がったのです」

「それがしに頼むのは御門《おかど》違いだな」

「では、天狗老師が懇意にされているのは、佐川先生ではないのですか」

龍之介は思わぬ見当違いをしてしまったことに臍《ほぞ》を噛《か》んだ。

「それがしは、天狗老師とは考えも立場も違う。それがしが口添えしても、天狗老師の考えは変わらない」

「…………」

龍之介は黙った。官兵衛は、やはり天狗老師のことをよく知っているのだ。そうでなければ、天狗老師と考えも立場も違うというはずがない。

「これは、龍之介、おぬしが考えを決めることだ。おぬしは御前仕合いに出たいが、破門が嫌で出られないというのか。そうならば、出るのはやめろ。破門が嫌で、己れの道を切り開けないなら、それまでのことだ」

師範室の戸ががらりと開いた。伴康介や安藤《あんどう》主馬《しゅめ》たちが、手拭いで汗を拭きながら、どやどやっと部屋に入って来た。

「お、龍之介、どうしてここにおるのだ？」

「何か悪さをして、佐川先生に呼び出され、説教されておったのか？」

「このところ、龍之介はついていないからな。先生、龍之介が何をやったか知りませんが、拙者《せっしゃ》に免じて、龍之介を許してやってくだされまいか」

師範たちは笑いながら、龍之介をからかった。

「ははは。分かりました。先生方も御出《おい》でになったので、説教しづらくなった。そろそろ龍之介を解放しましょう」

官兵衛は師範たちに勘繰られないように、龍之介を諭《さと》すようにいった。

「龍之介、いいな。そんなことは、己れが考えて決めろ。その上で、まだ問題があったら、相談に来い」

「はい」

龍之介は畏《かしこ》まったまま、うなずいた。

「よし。では、帰れ」

「はい。ありがとうございました」

龍之介は官兵衛に頭を下げて立ち上がった。

「おう、龍之介、よかったな。わしらが来たから、先生も叱りづらくなったのだろう」

伴康介が笑いながらいった。

龍之介は伴康介たちにも頭を下げ、師範室から退出した。

五

龍之介は日新館からの帰り、仲間たちと別れ、久しぶりに飯盛山の裏手に回った。いつも打ち込み稽古をしていた空き地には、午後の陽射しが照りつけていた。夏草は勢い良く伸び放題で、あたりは草いきれに包まれていた。

今日一日の終わりを惜しむ、カナカナ蟬が一際《ひときわ》高く鳴いている。蟬の声は森の奥まで響き渡っていた。

龍之介は、大岩の傍で手早く稽古着姿になり、近くにあった丸太の山から適当な太さの丸太を取り出した。その丸太を二つの岩に渡して載せた。

龍之介は裸足になり、草地の上を跳び跳ね回り、足を地面に馴染ませた。手足を振り、深呼吸をし、呼吸を整えた。

丸太を一本取り上げ、木剣にする。木剣で素振りを繰り返した。すぐに軀が温まり、動きが滑らかになるのを覚えた。

おもむろに横木に向かい、木剣を右脇構えから右八相《はつそう》に構え直す。

龍之介は、ふと近くの森の中に人が立っているのを感じた。動かず、じっとこちらを見ている。敵意や殺気は感じ取れない。

龍之介は意識を目の前の横木に集中した。じりじりと左足を草地に這わせ、間合いを詰める。

一足一刀の間合い。

八相から上段に木剣を引き上げる。

気合いを発した。

龍之介の軀は横木に向かって一気に跳び、木剣が横木に打ち下ろされた。

横木の丸太は一瞬、めりっと軋《きし》むような物音を立て、真ん中からへし折れ、地べたに二つになって転がった。

龍之介は木剣を右脇構えに戻し、残心した。

ぱたぱたという手を打つ音に続き、森の中から大声が起こった。

「やあ、見事見事。龍之介、前よりも数段、腕を上げたようだな」

「仏光五郎《ほとけみつごろう》先輩、人が悪いですな。日新館からの帰りから、ずっと、それがしを尾行しておったでしょう」

龍之介は木剣を下ろし、左手に提げた。

権之助や文治郎たちと日新館を出て、途中、みんなと別れて飯盛山への道に入った時、背後から見え隠れしながら、尾行している仏光五郎に気付いていた。

仏光五郎は鬱蒼《うっそう》と生《は》えている草の坂を駆けるように下り、龍之介がいる空き地にぽんと着地した。

「ああ。おぬしを見かけた時、おぬしは西郷家の方に向かわなかったので、おや、どこに行くのか、と思ってつけたのだ。そうしたら、飯盛山への道に入ったので、稽古をするつもりなのだな、と思ったんだ」

光五郎は長い草を銜《くわ》えていた。光五郎の顔は頬が痩《こ》け、細い顎がますます目立っていた。両眼は大きく見開かれ、小さな口が細い顎に付いている。その容貌は蟷螂《カマキリ》の顔を思わせた。

「龍之介、おぬし、御前仕合いに出たいそうだな」

「はい。なんとしても出たいのです。仏先輩は？」

「それがしも出たいと思っている。龍之介、おぬしも賞金がめあてか」

「賞金ですか？　御前仕合いに賞金なんぞ出ないでしょう？」

龍之介は驚いた。光五郎は鼻の先で笑った。

「そうか。知らないのか。いまのご時勢、何でもカネで買える。我が藩も例外ではないんだ。太平の時代が続き、いくつもの藩が不要となった侍たちを解雇した。いろいろなものが高くなり、どの藩も財政が苦しくなり、侍たちを食わせることができなくなった。世の中に食えない浪人たちが溢れ、江戸や都に流れ込み、治安が悪くなっている。そうした浪人たちは、どうしていると思う？」

「どこかの藩に仕官したい、と願っているのではないでしょうか？」

「藩に不要扱いされ、馘《くび》になった連中が、もとの宮仕えに戻りたいと思うかね。多くは侍を捨て、商人になり、カネ儲けに勤《いそ》しむんだ。商人の才能がなく、自分の腕しかない連中は、カネを出して雇う余裕のある藩に押し掛ける。カネで雇われる傭兵《ようへい》になろうというんだ」

「まさか。我が藩も、そうだ、というのですか？」

「そのまさかの時代なんだ。龍之介、おまえも、少しは大人になれ。この世に、忠義とか純粋素朴、愚直に武士道なんていうのは、古いんだ。誰もそんなものを尊重しなくなってきているんだ。すべては、カネ次第の世になっている」

「しかし、御前仕合いに、賞金が出るとは、藩の誰もいっていません」

「藩内では、そんな話は出ない。だが、ほかの国に行けば分かる。会津藩の御前仕合いの優勝者は仕官ができるだけでなく、報奨金として千両の賞金が出るというのだ」

「千両も？」

「それだけではない。優勝しないまでも、優秀な戦績を残した剣士は、仕官ということではないが、隠れ藩士としてカネで雇われる。いざという時に、密かに藩のために働いてもらおうというんだ」

「そんなこと信じられません。我が藩は、そんなことができるほど裕福ではない。そんなことは、我が会津藩を貶《おとし》める讒言《ざんげん》です」

龍之介は腹を立て、吐き捨てるようにいった。

仏光五郎は冷笑《せせらわら》った。

「おまえのような単純無垢《むく》で、何事も疑わない連中がいるから、世の中がおかしくなっても分からないんだ。嵐の中で沈んでいく船に乗り合わせているのに、嵐であることも自覚せず、船は昔から同じく安泰で安全だと思い込んでいる。龍之介、おぬしだけを非難しているわけではない。おれも、おぬしと同じ船に乗り合わせているんだ。おれも、少し前まで、おぬしと同じ考えだった。だが、いまは違う。ようやく、嵐の真っ只中におれたちはいる、と分かったのだ。おれたちの乗った船は、ぼろぼろの老朽《ろうきゅう》船で、船底に無数の小さな穴が開いており、すでに浸水が始まっている。沈みつつある船だ、と。おれは、それに気付いたんだ」

仏光五郎は醜悪《しゅうあく》に顔をしかめた。龍之介は仏光五郎を刺激しないように、正直にいった。

「仏先輩、それがしには、先輩のいうことが分かりません」

「龍之介、おぬしの親父は、なぜ自害した？　おぬしの兄貴は、なぜ乱心した？」

「なにい？　父上や兄上の死には、そんなことが絡んでいるというのですか？」

龍之介は仏光五郎の胸元に摑みかかった。

仏光五郎は龍之介の手を払い、さっと後ろに飛び退《の》いた。

「おれは、江戸で小耳に挟んだだけだ」

「誰から聞いたのだ？　教えてくれ」

「おぬしも江戸へ行けば分かる。あとは自分で調べるんだな」

「…………」

龍之介は無念そうに唸った。ここで仏光五郎を責めても仕方がない。光五郎も、詳しくは知らないのだろう。知っていれば、もっとちゃんと話をしてくれるはずだ。

「ついでに、もう一つ教えてやる。おぬし、悪いことはいわん。天狗老師から真正会津一刀流を習うのはやめた方がいい。真正会津一刀流を習得すると、闇の世界に生きることになるぞ」

「なんですって? それは、どういう意味です?」

「生涯、藩のために死ぬまで扱《こ》き使われるってことさ」

龍之介は困惑した。

「どういうことなのか、分からない」

「真正会津一刀流は、ただの一刀流ではなく、御留流だということは分かっているな」

「うむ」

御留流は、他流の武芸者には見せることのない隠し剣だ。

「真正会津一刀流の免許皆伝を受けた者は、藩の密命を受けて、隠密として他国へ出される。他国へ出ず、領内に残る者も、いざという時、たとえば藩を揺るがせるような事件が起こると、真っ先に捨て駒《ごま》として駆り出され、藩のため死ぬことを命じられるんだ」

「そんな馬鹿な。信じられません」

「実例をいおう。大槻弦之助《おおつきげんのすけ》を知っているだろう」

「はい。存じています」

龍之介は、大槻弦之助の娘奈美《なみ》を火事になった武家長屋から救い出した。それ以来、大槻弦之助とは親交を結んでいる。龍之介の元服式にも参列してくれた。兄真之助の遺骨を無縁仏の墓所に埋葬する時も、奈美ともども手伝ってくれた。

「大槻弦之助は、真正会津一刀流皆伝の腕前だ。免許皆伝になると同時に、彼はある人物の暗殺を命じられ、密かに都に派遣された」

「誰を暗殺したのだ？」

「分からぬ。それは、藩執政の何人かしか知らない」

「まさか。大槻弦之助さんが、そんなことを」

「するとは思わないのだろう？　では、嵐山光毅《あらしやまこうき》が乱心した時、大槻弦之助が嵐山光毅を始末するために派遣されたことは存じておろう」

「…………」

龍之介は黙った。

目付の尾田彦左衛門《おだひこざえもん》は、嵐山光毅が七人もの人を殺《あや》め、捕り手たちでは嵐山光毅を押さえ込めないと判断すると、大槻弦之助を呼び出し、嵐山光毅を斬れと命じた。

現場にいた龍之介は、いくら大槻弦之助が剣の達人だとしても、死を恐れなくなった嵐山光毅が相手だとすると、何が起こるか分からないと思い、自分が乗り出し、嵐山光毅を説得して自害させた。介錯をしたのが大槻弦之助だった。

「大槻弦之助は、御上の命《めい》を受け、自分が世話になっていた若年寄を暗殺せざるを得なかった。大槻弦之助は切腹して、殺めた若年寄の後を追おうとしたが、御上がそれを許さなかった。大槻は女房のため、中士《ちゅうし》から下士《かし》に身分を落とされても文句ひとついわずに我慢した。いまは長屋でひっそりと女房や二人の娘と暮らしている」

そうだったのか、と龍之介は唇を噛んだ。

そうとは知らず、龍之介は大槻弦之助を、運に恵まれなかった剣士としか見ていなかった。

光五郎は腕組みをし、憮然《ぶぜん》とした口調でいった。

「真正会津一刀流とは隠し剣御留流なのだ。そうと分かったから、おれはあえて掟《おきて》破《やぶ》りをし、色事の始末に真正会津一刀流を使った。破門されるためにだ」

「…………」

龍之介は、言葉を失った。

「龍之介、だから、どうしても真正会津一刀流を習得したかったら、藩の闇の暗殺組織の一員になる覚悟をしておけ」

龍之介は考え込んだ。

あらためて、佐川官兵衛の言葉を思い浮かべた。

天狗老師と考えも立場も違う、と。その真意は、佐川官兵衛は隠し剣御留流を習得する道は、殺人剣を習うことであり、正しい剣の道ではない、ということをいっていたのではないのか。

蟬の声が一層喧しくなっていた。

龍之介は、あたりを見回した。いつの間にか、仏光五郎の姿は消えていた。

代わって、周囲の森に黄昏《たそがれ》が忍び込んでいた。

六

空は雲ひとつなく、からりと晴れ上がっていた。

真夏の太陽が真上から水練水馬池《すいれんすいばいけ》の水面をじりじりと照らし上げ、眩《まばゆ》い光を乱反射していた。

水練水馬池は、日新館の中庭に掘られた人馬の水練に供される広くて大きな人造池である。大きな河に見立て、一方の岸辺は浅瀬だが、中程に進むにつれ、急に深くなる。人はもちろん馬でも脚が着かないほど深い。そして、その深みを乗り切り、対岸に泳ぎ着くと、また浅くなっている。

日新館の周辺の林から、喧しい蝉の声が響いている。

龍之介は焼け付く太陽の陽射しを仰いだ。

暑い。また水に入りたい。

水練担当の白河《しらかわ》昇《のぼる》教官の講義が延々と続いている。本日は、抜き手と立ち泳ぎの水練と、模擬《もぎ》水上合戦だった。

抜き手で対岸とこちらの岸を往復する訓練は何度もやった。ついで、全員、重い石を抱えて、池の深みに入り、立ち泳ぎをしながら数を数える。重い岩石を抱えているので、なかなか立ち泳ぎが続かず、大半の藩校生が五、六百で脱落した。

龍之介は歯を食いしばり、立ち泳ぎを続けたが、四百八十二で水に沈んだ。

模擬水上合戦は、赤白組とも全員池に入り、水に浸かりながら、竹刀を振るって、相手と戦う合戦だ。

水に浸かり、立ち泳ぎをしながら、竹刀を振るうのはかなり難しい。打突の力も入らない。ただ相手を竹刀で叩く程度で終わる。本物の合戦にはありそうにない想定だが、龍之介たちには、一種の遊びになり、泳ぎも上手になるので、一石二鳥の訓練となっていた。

龍之介は、権之助や九三郎、文治郎、明仁と並んでいた。いずれも赤鉢巻きを頭にきりりと締め、赤褌姿である。赤組の総勢は約五十人。

対岸には、ほぼ同数の白鉢巻きに白褌姿の藩校生が整列している。白組の人数もほぼ同数の五十人だ。

池の中程には、小舟が二艚浮かんでいる。舟上には黒褌姿の助教と水練上級者の藩校生と船頭が待機している。舟には太鼓が載せられており、その太鼓の音で、合戦開始、終了の合図が出される。それから、万が一、溺れる生徒がいたら、すぐさま飛び込み、助け上げる用意をしているのだ。

隣に立った九三郎が龍之介に囁いた。

「やばいな。白組の北原たち、こちらを見ては何か話し合っている。何か企《たくら》んでいる」

「ほんとだ。どうする？　組長」

権之助も振り向いて龍之介にいった。龍之介はうなずいた。

「それがしと、権之助、九三郎の三人が前衛《ぜんえい》になる。北原派が、もし集中的におれたちに戦いを挑んできたら、逃げずに受けて立とう。おれが頭領《とうりょう》の北原従太郎をとっ捕まえて水に沈める。二人はおれの左右を守ってくれ。邪魔する者を排除してくれ」

「分かった。もし、北原従太郎が出て来ず、佐々木元五郎が頭だったら、どうする？」

「そん時は、佐々木元五郎を撃沈《げきちん》する。遠慮無用だ」

権之助と九三郎は顔を見合わせてうなずいた。文治郎が囁いた。

「後衛のおれたちは、どうしたらいい？」

文治郎と明仁は、泳ぎが不得手だった。

「後衛のおまえたちは、おれたちに構わず、庶二無二《しゃにむに》、逃げろ。絶対に捕まるな。おれたちがおぬしらを助ける手間が省けるので安心だ」

「分かった。浅瀬に上がったら、騒いで、ほかの赤組に呼び掛け、おぬしらに加勢するように仕向ける」

「同じ赤組の一乗寺恒之介が、どう動くかだが、こちら側につくと思っておこう」

赤組には、一乗寺恒之介の一派がいる。白組が龍之介たちに集中的に戦いをしかけたら、図《ず》に乗って、一乗寺派も白組と一緒に龍之介妨害に回るかも知れない。その時はその時だ。いまは一乗寺恒之介に義侠心があると思っておこう。

白河教官は大声を張り上げた。

「いいか。終了の太鼓が終わるまで、逃げずに戦え。いいな」

「はいっ」

赤組の龍之介たちは大声で叫んだ。

同じころ、対岸の白組でも助教の保坂《ほさか》が、白河教官と同じような檄《げき》を飛ばしていた。

池の中程に浮かんだ小舟の上の太鼓が、どんどんと叩かれた。

「ウォー」「やっちまえ」「叩きのめせ」

赤組の生徒たちは喊声《かんせい》を上げ、竹刀を片手に水の中に飛び込んだ。長い竹刀は、泳ぐ時に邪魔になるので、先に竹刀を前に投げ出し、後を追うように人間が泳ぐ。竹刀に追い付くと、また竹刀を前に投げ、本人は抜き手で竹刀を追う。それを繰り返す。

一方、龍之介たちは同じ竹刀でも、短く、小振りな小刀用の竹刀を用意した。

龍之介たちは全員、小振りな小刀を口に銜え、悠々と抜き手で、赤組主力の後に続いた。権之助と九三郎が龍之介の両脇に付き、後衛の文治郎と明仁が続く。いずれも、短い竹刀を口に銜えている。

赤組の先陣が、白組の先陣と池の中程でぶつかった。いずれも助教が乗った小舟の前で、水中で立ち泳ぎをしながら、竹刀による叩き合いだ。竹刀は水を含んで重くなり、水の中では人が持ち上げるのも容易ではない。それでも、あちらこちらで、相手の頭や肩、水面を叩く音が響いた。

予想した通り、白組の先陣の脇を擦り抜けるようにして、十二、三人の白組の連中が、抜き手を切って、龍之介たちに向かって来る。彼らは、いずれも竹刀を縄で引いていた。

「考えたな」

龍之介は権之助、九三郎と顔を見合わせて笑った。

「やあやあ見参《けんざん》見参。我こそは北原従太郎。望月龍之介、出合え出合え」

北原派の十二、三人が左右に広がり、龍之介たちを取り囲むように並んで立ち泳ぎを始めた。みな一斉に背負った竹刀を取り上げ、水面をバシバシッと叩いて威嚇《いかく》した。

龍之介は立ち泳ぎに変え、口に銜えた小刀の竹刀を手に取った。

「それがし、望月龍之介だ。敵方頭領北原従太郎、拙者がお相手いたす」

龍之介は、権之助と九三郎と一緒に応戦の構えを取った。白組の北原たちは、長い竹刀で水面を叩いて威嚇しながら、龍之介たち三人に迫って来る。

　正面に北原従太郎が立ち泳ぎしていた。竹刀を龍之介に向け、立ち泳ぎしながら、突きの構えをしていた。

「参るぞ、北原従太郎！」

　龍之介は、小刀の竹刀を北原従太郎に投げ付け、抜き手を切って、一気に従太郎に突進した。

　とたんに従太郎は、竹刀を投げ捨て、逃げはじめた。龍之介は従太郎を追おうとした。はっとする間もなく、竹刀を投げ捨てた三、四人の男たちに龍之介は捕まった。そのうちの一人は、佐々木元五郎の顔だった。

　北原従太郎は途中で逃げるのをやめた。龍之介の目の前で立ち泳ぎをしながら、にやついていた。龍之介は、佐々木元五郎たちに腕や足を摑まれ、水中に引きずり込まれる。龍之介は思わず、水を飲んだ。

　龍之介は必死に手足を動かし、摑みかかる手を払い、逃れて水面に顔を上げ、一息空気を吸う。だが、誰かにのしかかられ、また水の中に引きずり込まれる。

　龍之介は大量に水を飲みながら、必死に空気を吸おうと水面をめざした。だが、だんだん力がなくなり、意識が朦朧《もうろう》となった。

とたんに強い力で龍之介は水面に押し上げられた。黒褌姿の男が龍之介の赤褌を摑み、小舟の上に押し上げた。舟の船頭が龍之介を舟の中に引きずり込んだ。

龍之介は夢を見ていた。

あたり一面、美しい花が咲き誇る野原だった。地平の果てまで、花畑が広がっている。その花畑の上を、すれすれに飛んでいる。

気持ちがいい。龍之介は、何度も花の薫りを胸一杯に吸い込んだ。

「龍之介、しっかりしろ」

父の牧之介と兄の真之助が、心配顔で龍之介を覗き込んでいた。

誰かが龍之介の胸を叩いている。龍之介は、思わずげほげほっと水を嘔吐した。鼻《び》腔《くう》に入った水にむせ返った。

「馬鹿野郎！　こんなところで死ぬんじゃねえ」

「おまえには、まだやることがあるだろう。起きろ。目を覚ませ」

父や兄の怒声が聞こえ、龍之介は頰を激しく平手打ちされるのを感じた。

龍之介には、覗き込んでいる顔が朧《おぼろ》だが見えた。父や兄の顔ではない。やがて、その顔が白河教官や助教の顔となり、さらに権之助や文治郎、九三郎、明仁の顔になった。

「龍之介、生き返ったな。よかった。しっかりしろ」

　白河教官がほっとした顔でいった。

「お、おれは……どうしたんです？」

「危《あや》うく溺れかけたんだ。おれたちは、多勢に無勢で、おまえを助けることができなかった。おれたちも危うく溺れかけたんだ」

　権之助が泣き笑いの顔でいった。

　傍らの明仁が代わりにいった。

「龍之介、一乗寺恒之介さんたちが、いち早く気付いて、助けにかけつけてくれた」

　文治郎が付け加えた。

「北原従太郎もおぬしが本当に溺れているのを見て、すぐ攻めるのをやめた」

　九三郎が続けた。

「最後に助教の先生が飛び込み、おぬしを小舟に押し上げた。そして、岸に上げて、水を吐かせ、白河先生が蘇生術を施した。胸を叩いて、手や腕を動かし、呼吸をさせた。そうやっているうちに、なんとか生き返った」

「そうか。おれは、あの世に行きかけたんだな」

　龍之介は無数の花が咲き誇った野原を思い浮かべた。

あそこが極楽なら、悪くないな。

龍之介は、不遜《ふそん》にも、そう思うのだった。

第二章　破門は覚悟の上

一

　龍之介は水練水馬池で溺れて危うく死ぬところだった。その時、大量に水が肺に入ったらしく、その後数日、龍之介は高熱を出し、こんこんと眠り続けた。藩の蘭医が治療にあたったが、解熱剤を処方するぐらいで、後は龍之介の生命力に頼るしかなかった。

　母の理恵と姉の加世が、龍之介に付きっきりで、夜もほとんど寝ずに看護を続けた。二人は、交替で龍之介の額《ひたい》に濡れた手拭いを載せ、ひたすら体温が下がるのを待った。

　その間、権之助や文治郎、九三郎、明仁ら什《じゅう》の仲間が、入れ替わり立ち替わり、見舞いに訪れた。西郷頼母や佐川官兵衛も顔を出した。水練担当の教官白河昇や助教たちも心配して相次いで見舞いに訪れた。

ようやく熱が下がり、龍之介の意識が回復したのは、四日後のことだった。

龍之介は眠っている間に、たくさんの夢を見た。夢には父牧之介や兄真之助だけでなく、とうの昔に亡くなった祖父玄馬《げんま》、目の前で割腹自殺した嵐山光毅も出て来た。母理恵や姉加世、天狗老師、師範の伴康介、指南役佐川官兵衛、西郷頼母、大槻弦之助とおゆき、奈美、照姫《てるひめ》や彩《あや》、さまざまな人たちが何の脈絡《みゃくらく》もなく現われた。

目覚めると、夢は雲散霧消《うんさんむしょう》し、代わりに心配顔の母と姉の顔があった。

「ここは、どこ」

龍之介はあたりを見回した。母は涙目でうなずいた。

「あなたのお家ですよ」

「おれは……」

姉も目を袖で拭きながら、文句をいった。

「もう四日もずっと眠り続けていたのよ。ほんとにお母さまに心配をかけて」

「旦那様や真之助に続いて、あなたまで逝《い》ってしまったら、私たちは、どうしたらいいの。少しは己れの身を大事にしなさい。あなた一人だけの軀ではないのよ」

母は背筋を伸ばし、しゃんとすると、きつく小言をいった。龍之介は、水練水馬池で溺れたことを思い出した。水練水馬池の光景が脳裏《のうり》を過《よぎ》った。

「……ご心配をおかけして、本当に申し訳ありません」

龍之介は頭を起こし、母と姉にいった。

母は微笑んだ。

「龍之介、あなた、だいぶうなされていましたよ。譫言《うわごと》で女の人の名を呼んだり、誰かと話をしていましたよ。いったい、どんな夢を見ていたの？」

「そうでしたか」

龍之介は、どんな夢だったのか、思い出そうとしたが出来なかった。

「……思い出せない」

龍之介は頭を振った。加世の笑い顔がいった。

「お母さまやわたしも呼んでいたから、許してあげるけど」

腹の虫が鳴った。龍之介は思わず唾を飲み込んだ。

「腹減った。何かある？」

龍之介はいいながら、軀を起こした。

激しく咳き込んだ。まだ胸のどこかに飲み込んだ水が残っているのかもしれない。

理恵と加世が両脇から龍之介を支え、背中をとんとんと叩いたり撫でたりした。

「さ、これを飲んで」

理恵が水を入れた湯呑み茶碗を龍之介に手渡した。龍之介は湯呑み茶碗を両手で押し頂き、ごくごくと喉の音を立てて、水を飲み干した。咳はすぐに治まった。龍之介は二人に掠《かす》れた声でいった。

「もう大丈夫。病気ではないから咳はすぐに治まる。それよりも、何か食べる物を。腹が空きすぎて、死にそう」

「はいはい。いまお粥《かゆ》を用意しますからね」

理恵は笑いながら立ち上がり、いそいそと台所に向かった。

「まあ龍之介ったら目を覚ましたと思ったら、さっそくご飯が欲しいなんて呆《あき》れた。でも、それがいつもの龍之介だものねえ」

加世はそういいながらも、うれしそうに笑った。

龍之介は、その日の午後遅くにはすっかり元気を取り戻し、歩きまわることが出来るようになった。離れの庭で、さっそく木刀の素振りを始めた。

「龍之介、いいのですか？　元気になったからといって、すぐにそんな稽古を始めるなんて」

理恵が心配顔でいった。

「母上、大丈夫大丈夫。四日も何もせず寝ていたんですからな。躯が鈍《なま》って仕方がない」

母屋と繋がった渡り廊下に人の気配があった。理恵が振り返り、頭を下げた。

「龍之介、頼母様が御見えになりましたよ」

「そうですか」

龍之介は木刀の素振りをやめ、左手に木刀を提げた。

廊下に西郷頼母の姿が現われた。

「おう、龍之介、お姉さんから、おぬしが意識を取り戻したと聞いて、さっそくだが様子を見に参った。もう素振りの稽古をしているのか。いや元気でよろしい」

頼母はにこやかに笑った。龍之介は頭を下げた。

「頼母様、ご心配をおかけしました。もう大丈夫です。ありがとうございました」

「ほんとに、この子は父や真之助に似て、暴れん坊で、他人様《ひとさま》にご迷惑ばかりかけて」

理恵も頼母に頭を下げた。

「いやいや、会津男子たる者、龍之介ぐらいの元気がなくてはいけません。親御さんは、はらはらなさっておられるようだが、どうか、いましばらく息子さんの成長を見守っていてくだされ。将来、きっと龍之介は大物になりましょうぞ」

頼母は大口を開いて笑った。

「そうでしょうか」

理恵は仕方ないわねえ、という顔で龍之介を見ていた。

「ところで、龍之介、本当に御前仕合いに出たいのか」

「はい。出たいと思います」

「ただ出るだけでは意味がないぞ」

「出る以上は、勝ち上がります。死に物狂いで」

「しかし、出るには、いろいろ難関がある。それを乗り越えていかねばならん。その覚悟はできておろうな」

「はい。覚悟しています」

どのような難関なのかは分からないが、そう答えるしかなかった。

頼母が小声でいった。

「天狗の老師から破門されてもいいというのだな」

龍之介ははっとして頼母を見た。

もしかして、天狗老師に通じているのは、西郷頼母なのか？

龍之介は母にちらりと目をやった。母は怪訝な顔をしていた。

天狗老師に師事して真正会津一刀流を習っていることは秘匿《ひとく》だ、と常々天狗老師からいわれていた。頼母が、その秘密を知っているということは、天狗老師と親しいことを示している。

西郷頼母は澄ました顔をしている。龍之介は、母の目を気にしながらいった。

「それがし、天狗老師に御前仕合いに出たいと申し上げるつもりです。それで破門だといわれたら仕方ありません。たとえ破門されても、御前仕合いに出る覚悟です」

「うむ。よくいった。その覚悟はいい」

頼母は満足気にうなずいた。龍之介はおずおずと尋ねた。

「ところで、御前仕合いに出場するには、どうしたらいいのですか？」

「おぬしは日新館道場の門弟なのだから、道場の先生に相談するがいい。日新館道場からの選抜枠は三つある。その選抜枠の一つに選ばれれば出場できる」

「選抜枠は三席しかないのですか」

龍之介は考え込んだ。

日新館道場の指南役や師範たちは、日頃道場の門弟たちの腕をよく見ている。ただ強いだけではだめだ。心身ともに剣士として抜きん出ていなければならない。

「そうだ。あと三ヵ月ある。励め」

「はい」

「いいな。期待しておるぞ」

頼母はにやっと笑い、離れから出て行った。

理恵は頼母に頭を下げて見送った。

「龍之介、天狗老師って誰なんです？　天狗老師から破門されてもいい、といいましたね。どういうこと？」

「母上、日新館道場のある師範の渾名《あだな》ですよ。お年寄りの厳しい先生で、弟子がいうことを聞かないとすぐに破門だと怒鳴るので有名なんです」

龍之介は母に嘘をつくのは申し訳ないと思うのだが、本当のことを話すわけにはいかず、そういってごまかすのだった。

「そうですか。でも、先生のいうことは、ちゃんと聞かないといけませんよ」

「はい」

龍之介は素直にうなずいた。

「それがし、いま少し、素振りをして体調を整えます。ごめん」

龍之介は、また木刀を構え、無心に素振りを再開した。素振りをしながら、天狗老師に会って、御前仕合いのことを、どう切り出そうかと必死に頭の中で考えるのだった。

二

その日もからりと空が晴れ、太陽の光が肌を焼く猛暑だった。

飯盛山の森の奥から、アブラ蟬の鳴声が沸き立っていた。

龍之介は裏山の空き地で、横木の丸太への打ち込みを続けていた。裂帛《れっぱく》の気合いをかけ、丸太に木剣を打ち込んで、一本ずつへし折っていく。

その木を打つ甲高い音が森の梢《こずえ》を震わし、遠くに消えていく。

龍之介は知っていた。天狗老師は、その木の音を聞き、龍之介がひとり打ち込み稽古をしていることに気付くだろうことを。

天狗老師の声が、木剣を振り下ろす龍之介の耳に甦ってくる。

『一撃必壊《いちげきひっかい》。二の太刀はないと思え』

龍之介は全身の力を木剣の刀身の一点に集中して横木の真ん中に打ち込む。一撃だけしかない、と心に念じて、必壊を期して打ち込めば、折れない横木はない。

天狗老師は常に、そういって龍之介を叱咤激励《しったげきれい》した。はじめこそ、横木にした丸太は頑強で、少しも折れる気配がしなかったが、一日千本の打ち込みを行なううちに、ある時、偶然からか一本を折ることが出来た。それを境に、木剣で丸太をへし折ることが出来るようになった。

龍之介は、その時の感覚を取り戻し、繰り返し無心に横木の丸太への打ち込みに集中した。

ふと気付くと、傍《かたわ》らの岩の上に人影が立っていた。

「龍之介、戻ったな」

人影はひらりと岩の上から龍之介の背後に飛び降りて立った。天狗老師だった。続いて、もう一人の人影が、天狗老師の後ろに立った。師範代の武田広之進《たけだひろのしん》だった。

龍之介は木剣を下ろし、振り向き、片膝立ちになって頭を下げた。

「天狗老師、師範代、先生方をお待ちしておりました」

老師は天狗の面は被っていなかった。

「龍之介、よう戻った。先程から師範代と見ておったが、おぬしの打ち込み、以前よりも格段に鋭さを増しておる。春よりも上達した。誉めてつかわす」

「ありがたき幸せにございます」

龍之介は天狗老師に頭を下げた。

天狗老師は、背後に控えた師範代の武田広之進に顎をしゃくった。

「師範代、いかが思うか?」

武田広之進は無言のまま、手に持った杖をくるりと回し、いきなり龍之介に打ち込んだ。

龍之介は木剣で杖を打ち落とし、ひらりと後ろに飛び退いた。武田はそれを見越し、龍之介を追って跳んだ。

龍之介は退くと見せかけ、木剣の切っ先を武田の胸元に向けて、逆に前に飛び込んだ。武田はくるりと身を躱《かわ》し、杖を回転させて、龍之介を打った。

龍之介は木剣を立てて杖を受け、軀を回転させ、武田の懐に飛び込んだ。二人は一瞬、杖と木剣を合わせて向き合った。龍之介は武田に体当たりをかけた。武田は飛び退きながら、龍之介の面を杖で叩いた。瞬間、龍之介の木剣も伸び、武田の胴を抜いた。

「それまで!」

天狗老師の鋭い声が飛んだ。

二人は互いに飛び退き、間合いを十分に取って残心した。

「まいりました」

龍之介が膝をついて、木剣をぱたりと落とした。頭に手をやった。月代《さかやき》にみるみる瘤《こぶ》が膨らんだ。

天狗老師の手が武田に上がっていた。

「うむ。髪の毛一本ほどの差だが、武田の引き面が早かったな」

「いえ。師匠、龍之介の抜き胴の方が早かったかと」

武田は打たれた胸を押さえながら苦しそうに荒い息をしていた。

「師範代、申し訳ありませぬ。思わず力が入り、止めることができませんでした」

龍之介は武田に謝った。

「龍之介、謝ることはない。拙者の負けだ。師匠は、髪の毛一本の差だとおっしゃられたが、確実におぬしの木剣は、それがしの胴を先に抜いている。それがしの負けだ」

天狗老師はにこやかに笑った。

「師範代、わしが見るに、やはりおぬしの方が上だ。杖で打つ力をちゃんと制御しておる。龍之介は、まだそれができておらぬ」

武田は打たれた箇所に手をあてて、顔をしかめていた。

「だが、師匠。龍之介、初段合格かと」

「うむ。わしもそう思う」

天狗老師は大きくうなずいた。

龍之介は頭の瘤を押さえながら、武田を気遣った。

「師範代、大丈夫ですか」

「ははは。心配いたすな。濡れた手拭いで冷やせば、痛みもすぐに引く。それがしよりも、おぬしの頭の瘤の方が痛むのではないか？」

武田は龍之介の月代に腫れ上がった瘤に目をやった。

「なんのこれしきの瘤。平気でござる」

「無理するな」

天狗老師が、武田に水が入った竹筒を放った。武田ははっしと水筒を受けとめた。

懐から手拭いを出し、水筒の栓を抜いて、水で濡らした。

「龍之介、ほれ。これで冷やせ」

武田は濡れた手拭いを龍之介に渡した。

「師範代の方が先でござる」

「遠慮するな。それがしは、おぬしの師だ。それがしのいうことが聞けぬか」

「いえ、そういうわけではありません」

「ははは。麗《うるわ》しい師弟愛だな。ほれ、師範代、おぬしは、わしの手拭いを使え」

天狗老師は武田に、自分の手拭いを渡した。

「師匠、かたじけない」

武田は手拭いを受け取り、それに水筒の水を注いで濡らした。さっそく懐に濡れ手拭いを差し込み、打ち身の箇所を冷やしはじめた。

「しばらく休みだ。二人とも傷を冷やせ」

天狗老師は傍らの岩に腰を下ろした。腰に着けた煙管《きせる》入れから煙管を取り出し、莨《たばこ》を火皿に詰めはじめた。

龍之介は、いまだ、と思った。この機会に、天狗老師に、御前仕合いに出ることを許してほしい、とお願いする。

龍之介は天狗老師の前に正座した。

「御師匠様、折り入って、お願いがあります」

老師は驚いて、龍之介を見つめた。

「どうした？　急にあらたまって」

「それがし、どうしても御前仕合いに出たいのです。お許し願えませんでしょうか」

「なにい。御前仕合いに出たいだと？」

老師は煙管を銜《くわ》えたまま、顔を曇らせた。

「どうして、御前仕合いに出たいというのだ？」

龍之介は、御前仕合いに出て、なんとしても勝ち上がり、御上に認めてもらう。そして、お家断絶の処分を取り消していただき、望月家を再興したいのだ、と訴えた。

天狗老師は、むっつりとし、しばらく黙った。武田広之進が、火打ち石を出し、もぐさに火をつけた。老師は煙管の火皿をもぐさの火にかざし、莨に火をつけた。黙って、煙を吹かした。

「龍之介、おぬしの修行が本格化しようという時、わしはいったはずだ。御前仕合いに出るようなことがあったら、破門にする、と」

「はい。覚えております」

「破門になってもいいというのか」

「破門されても、仕方がないと思っています」

「二度とわしから真正会津一刀流は習うことができぬぞ」

「はい。それは覚悟の上です」

龍之介は老師の顔を見ず、俯《うつむ》いていた。

「おぬしは、もう真正会津一刀流を習うつもりはない、というのだな」

「習いたくても、破門されたら、諦めるしかありません」

「どうしても、お家の再興がしたいか」

「はい。父も兄も亡くなったいま、それがしが再興しなかったら、望月家は絶えることになります。そんなことになったら、それがしは、ご先祖様に申し訳ないと」

老師は煙管の莨を吸い終わり、煙管の雁首を掌にとんとあて、火皿の灰を地べたに落とした。

「望月龍之介、おぬしは破門だ。二度とわしの前に顔を見せるな。おぬしの顔などもう見たくない」

「御師匠様、申し訳ありません。これまで、いろいろご指導いただき、本当にありがとうございました。この恩は決して忘れません」

龍之介は天狗老師に深々と頭を下げた。

すでに老師の気配は消えていた。それでも、しばらくの間、龍之介は目を閉じ、感謝の念から平伏していた。

「龍之介、もういい。師匠は立ち去った」

武田広之進の声が聞こえた。

龍之介は声の方に顔を向けた。大岩の天辺《てっぺん》に武田が立っていた。

「師範代にも御礼申し上げます。親身になって、いろいろご教示いただき……」

「もうよい。龍之介、それがしに礼をいう必要はない」

「しかし」

「せっかく、真正会津一刀流のとば口の初段に合格したというのに残念だ」

武田はひらりと大岩の天辺から飛び降り、龍之介の近くの岩の上に飛び移った。

「師匠は、おぬしを高く買っておった。常々、真正会津一刀流の極意を伝える後継者として、おぬしを大事に育てたいとお考えだった。だから、師匠はおぬしを破門などしたくはなかった」

「老師には師範代の武田様という立派な後継者がおられるではありませんか」

「それがしは、己れの分《ぶん》は判っておる。それがしは、真正会津一刀流の一門を率いる器にあらず。それがしは、あくまで師範代として、師匠の手足となってお手伝いする役目だ」

「そんなことはありませぬ。それがしは、師範代を尊敬いたしております」

「ははは。世辞《せじ》はいい。真正会津一刀流の奥義《おうぎ》は、識《し》れば識るほど奥が深い。おぬしのように若いころから学ばねば、とても真正会津一刀流のすべては習得できぬ。それがしが、すべてを習得するには、残念だが年が過ぎている。師匠は、おぬしに天狗面の鼻柱を木刀で折られた時、ひどく喜んでおられた。よくぞ、やってくれたと。ようやく、真正会津一刀流を継がせるべき才能が現われたとな」

「そうでしたか」

龍之介は天狗の面の鼻を竹刀でへし折った時の老師を思い出した。まさか、天狗の高い鼻を折りに来るとは思っていなかったのだろう。

「龍之介、それがし、師匠の代わりに申しておく。師匠は、おぬしに破門を言い渡したが、あれは本意ではない。お怒りになったが、心底から破門にする、といったのではない」

「そうでしょうか。二度と顔を見せるな、それがしの顔は二度と見たくない、とおっしゃっておられた」

武田はうなずいた。

「これまで師匠が破門を言い渡した人間を何人も見てきたが、いずれも、冷ややかな言い渡しだった。だが、おぬしに破門を言い渡した時には、冷たい言い方ではなく、師匠は本当に悲しげで落胆《らくたん》していた。他の破門を言い渡した相手には、二度と顔を見たくないなどという言い方はしなかった」

「そうでしたか」

「師匠は本当はおぬしを破門にしたくなかった。できれば、おぬしが翻意《ほんい》し、御前仕合いに出ず、戻って来てほしいと思っているのだ」

「ふうむ」

「二度と顔を見たくないとおっしゃったが、あれは師匠が自分自身に言い聞かせての言葉だ。おぬしは二度と戻って参らぬということを自身に言い聞かせたのだ」

「そうですか」

「師匠は、磐梯山で修行をしていた時、ふとそれがしに洩らしておられた。師匠にも、かつて龍之介のような倅《せがれ》がいたと。おぬしは、師匠の倅の生まれ変わりのように可愛いとな」

「老師の息子さんは？」

「突然の病に罹り亡くなったそうだ。元服する前だったそうだ」

「奥方様は？」

「同じ病で亡くなったといっておられた」

龍之介は、武田に向いて訊いた。

「師範代、老師のお名前は、何と申されるのですか？」

武田は頭を左右に振った。

「龍之介、それはいえぬ。保秘だ。それに、おぬしは破門された身だぞ。知らぬ方がいい。世の中には、知っていいことと、知らずにいた方がいいことがある」

武田は微妙な言い方をした。保秘ということは、どこかで藩の秘密にかかわることなのかも知れない。

「これまで破門を言い渡した者には、師匠は修行で習った真正会津一刀流の剣法を使ってはならぬと厳禁した。だが、おぬしには、そのことを一言もいわなかった。それだけでも、おぬしの破門は異例中の異例だ」

「そうでしたか」

龍之介はきょとんとした。

「だから、おぬしが修行で身に付けた剣法や体術は、御前仕合いで存分に使っていい。師匠は黙認なさったのだと思う。その代わり、それがしがいっておく。御前仕合いで、下手《へた》な負け方は許さぬ。真正会津一刀流であることを悟らせてもならぬ。真正会津一刀流は隠し剣御留流だからな」

「師範代、それがしは、剣や杖の修行は積みましたが、真正会津一刀流の極意や奥義がなんたるかは、習得しておりません。だから、使いたくても使えません」

龍之介は困惑していった。

武田は穏やかに笑った。

「いや、龍之介、その修行の最中に、師匠やそれがしが、おぬしに授けた秘剣、秘技がある。それが、いちいちどういう名の秘剣、秘技かは教えておらぬが。相手と闘う時、切羽詰まると無意識のうちに出る技だ。意識せざるとも軀が覚えている自然体の技だ」

武田は、いきなり手を伸ばし、指で龍之介の胸や腕を弾いた。龍之介は、反射的に軀や手足の筋肉が動こうとするのを感じた。

「うむ。それだ。いい動きをしておる」

武田は満足気にうなずいた。

「破門された以上、あとは己れを信じ、自分の足で立ち、己れの道を切り開け。おぬしには、それができる。師匠もそれがしも、そう信じている」

「分かりました」

龍之介はあらためて破門された意味を感じた。頼れるのは、己れのみだ。

「では、さらばだ。おぬしとは、もう二度と会うことはないだろう。万が一、会うことがあっても、もはや赤の他人だ。いいな」

「残念です。せっかく、いい先生にお目にかかれたと思っておりましたのに」

師範代はくるりと背を向けた。

龍之介は「師範代、最後に、一つだけ、教えてください」と、武田の背にいった。

武田は振り向いた。

「何だ？」

「大槻弦之助様は、真正会津一刀流免許皆伝と聞きましたが、それは本当ですか」

「誰から、そのようなことを聞いた？」

「仏光五郎です」

「仏か。困った男だ。あやつのことは、あまり信用するな。やつは真正会津一刀流を殺人剣だと思い込んでいる」

「ですが、光五郎によれば、真正会津一刀流の免許皆伝になると、藩からの密命が出て、何者かを暗殺することもしなければならぬ、と」

「馬鹿な。破門された者の世迷《よま》い言《ごと》だ」

「大槻弦之助様がそうだったと」

「仏は、そんなことを申しておるのか。しかし、真実は違うぞ……」

武田広之進は、いおうかいうまいか、少し躊躇《ちゅうちょ》したが、笑みを浮かべて口を開いた。

「大槻弦之助は、それがしの兄弟子《でし》だ」

「師範代と大槻弦之助様は、兄弟弟子だったのですか」

「うむ。それがしは、師匠の許、大槻弦之助と同じ釜の飯を食い、切磋琢磨《せっさたくま》した。それがしがもっとも信頼している男だ。大槻弦之助も破門組だが、同じく破門された仏光五郎とはまったく意味が違う。それがしがいうわけにはいかんが、大槻弦之助に直接尋ねればいい」

「まさか。大槻弦之助様も破門されたのですか？」

「うむ。彼は故あって、自分から破門を申し出て、先生から破門を認められた。これ以上は、それがしはいえぬ。いいな」

「はい。ありがとうございました」

「では、これで本当にさらばだ。くれぐれも達者でな」

武田広之進は、向きを変えると、磐梯山の尾根に向かって走り去った。見る間に姿が小さくなり、森の中に消えた。

龍之介は丸太を岩と岩の間に渡し、木剣を構え、再び打ち込みの稽古を始めた。

木剣が横木をへし折る甲高い木の音が響いた。一瞬、その音に、森の中から聞こえる蟬時雨《しぐれ》が途切れた。そして、また何事もなかったようにアブラ蟬は鳴きはじめた。

三

炎天下の練兵場には、藩校生百人ほどが集合していた。これから、集団行進の訓練が始まる。

「これからの時代は、刀や槍、弓矢による戦いではなく、鉄砲での集団戦が主となりましょう」

洋式軍服を着、軍帽を被ったピエール大尉は、龍之介たち藩校生たちを前にして、フランス語でいった。通訳を兼ねた助教がピエール大尉の言葉を翻訳した。

「それには、全員、集団で規律正しく動く訓練をしなければならない。一人ひとり動くのではなく、何でも集団で動くことを覚えよ」

龍之介は反発を覚えた。

集団で、しかも飛び道具で戦うのは、武士の戦《いくさ》ではない。一人一人が正面から向かい合い、刀や槍で死力を尽くして命のやりとりをする。それこそが、我々武士の戦い、本物の戦いだと思うのだ。

龍之介は隣にいる小野権之助と顔を見合わせた。権之助も同じ思いらしく、ピエール大尉の言葉に首を傾《かし》げている。

反対に五月女文治郎と河原九三郎は洋式砲術に入れ込んでいるので、ピエール大尉の話にいちいちうなずいている。

同じ什でもっとも学者肌の鹿島明仁は、話の内容よりも、ピエール大尉のフランス語を聞き取ろうと真剣な面持ちで耳を傾けていた。

「では、これより行進訓練を行なう」

通訳の助教がピエール大尉の言葉を伝えた。

龍之介たち藩校生百人ほどは、ゲベール銃を肩に、二十人ずつほどの分隊に分かれて、馬場を兼ねた練兵場に集まっていた。

「各隊、整列！」

ピエール大尉と同じ洋風の軍服を着、白い軍帽を被った総隊長が、藩校生たちに大声で叫んだ。

指揮台の上に立ったピエール大尉は、通訳の助教とともに、藩校生たちを見下ろしていた。

練兵場の真ん中に小太鼓や喇叭《ラッパ》を手にした鼓笛隊が奇妙な旋律の音を立てている。

「第一分隊、二列縦隊を作れ」

教導分隊長の助教が大声で命じた。

第一分隊は、全員、お揃いの洋式の軍服を着込み、日除けの垂れをつけた白い軍帽を被っている。

第一分隊は模範を示す教導分隊で、日頃から常に部隊行動を行なっているので、集合をするにも、整列するにも、早くてきびきびと動く。教導分隊の隊列は、整列する時も、きちんと列を作り、乱れていないので見た目も綺麗だった。

「各分隊は教導分隊を見習い、整列しろ」

指揮官が大声で命じた。

「かかれ!」

各分隊の藩校生たちは、教導分隊を真似しようと、わさわさと動いた。

「ぐずぐずするな」

「何度やったら分かるんだ」

「前の隊員に倣って並べ、列を乱すな」

助教たちの怒鳴り声があちらこちらに上がる。助教たちは藩校生たちを並ばせ、隊列を作らせた。

日頃、まったく集団行動を取ったことがない藩校生たちは動きが鈍《にぶ》く、もたもたしている。

「第二分隊、二列縦隊を作れ」

龍之介たち第二分隊も、ようやくのこと、二列縦隊となって並んだ。

小太鼓が調子よく律動ある音を刻みはじめた。不揃いの喇叭の音が、小太鼓の音に合わせて吹き鳴らされる。

「音に合わせて、その場で歩調を取れ」

助教の声が響いた。

龍之介は戸惑い、隣の権之助と顔を見合わせた。

「こんなことをして、どうするというんだ？」

「知らん」

権之助は不機嫌そうな顔でいった。後ろを振り返ると、文治郎と九三郎が並んで、一生懸命歩調を合わせようと足踏みしている。

「みんな、第一分隊の模範行進を見ろ」

小太鼓が刻む音に乗って、第一分隊は、ゲベール銃を肩に担ぎ、全員、足並みを揃えて、一糸乱れず歩いて行く。

「全隊、止まれ。右向け右。前へ」

総隊長の声に、第一分隊は、命令通りにきびきびと動く。

近くの射撃場から、銃声が轟いた。

「おれたちも、こんな歩く練習なんかしていないで、早く射撃場で射撃の訓練がしたいな」

権之助が龍之介にいった。後ろから文治郎の声が聞こえた。

「洋式軍隊は、この集団行進が基本なんだそうだ。全員が一斉に同じ行動を取って動く。それが戦いの基本になっている」

権之助が言い返した。

「文治郎は、西洋かぶれだから、そんなことをいうんだろう」

「誰だ、べちゃくちゃ女子《おなご》のように話をしているやつは」

近くにいた助教が権之助を怒鳴り付けた。権之助は首をすくめた。

「黙って歩け。おまえたちは、命令された通りにやればいいんだ」

助教の怒声はほかの分隊の藩校生たちにも投げられた。

「行進開始、第二分隊、第一分隊の後について行進しろ」

龍之介たち第二分隊は、足並みを揃えて堂々と歩く第一分隊の後に続き、行進を始めた。だが、どうしても足並みが揃わない。足並みを揃えようとすると隊列が乱れる。

「右ッ、左ッ、右ッ、左ッ」

助教の声と太鼓の音に合わせ、歩調を取って歩く。炎天下なので、たちまち龍之介たちは汗だくになった。

なかには日射病でぶっ倒れる者も出てきた。

「なんだあ！　この程度の行進訓練で倒れるとは何事だ！　軟弱だ。戦う前に戦死とは情けない。誰か水を持って来い」

助教は怒鳴り、倒れた藩校生に桶の水を頭からぶっかけた。仲間が倒れた藩校生を立ち上がらせ、木陰に運んで行く。

それでも、行進の訓練は続き、第二分隊以下、第五分隊まで全分隊が、第一分隊の後に続いて行進した。

水が飲みたい。

龍之介は、そう思ったが、このくらいの訓練でくたばるようでは、男ではない、と必死に我慢した。

戟門で授業終了の太鼓が轟き、ようやくにして部隊行進は終わった。

「なんだ、結局、今日は歩くだけで、射撃訓練はなしか」

権之助がぼやいた。鹿島明仁が勿体《もったい》ぶっていった。

「みんなの足並みが揃わなかったから、砲術場まで行けなかった。集団戦では、一斉射撃や、みんな揃っての突撃が欠かせない。それができないようだと、ただの烏合《うごう》の衆で軍隊ではないんだ」

「そうそう。明仁のいう通りだ。西洋軍隊の教本に、そう書いてある」

九三郎が明仁に同調した。龍之介は水飲み場で冷たい水を飲みながらいった。

「西洋では、いったい、どんな戦をしているというのだ?」

みんな一斉に明仁を見た。明仁は、五人の仲間の中で、一番西洋通だった。明仁は日新館の蘭語教師に付いて語学だけでなく、蘭書などにも目を通していた。

「欧州ではこれまで、ナポレオン戦争とか、百年戦争とか、絶え間なく戦をしているらしい。最近では、エゲレスは阿片《あへん》を清《しん》に売り付けようとし、それを拒んだ清と戦い、勝利している」

「あの大国の清帝国がエゲレスに負けたというのか?」

「そうだ。それも、エゲレスは、黒船の艦隊で清に押し掛け、銃や大砲で武装した軍隊を上陸させ、清軍を打ち破ったそうだ」

「信じられんな。そんなに洋式軍隊って強いのか」

龍之介は権之助と顔を見合わせた。明仁はしたり顔でいった。

「そうと知った幕府は、清国の二の舞にならぬよう、大砲や銃をエゲレスやフランスから買い込み、近代的な軍備を整えようとしている。それに合わせて会津藩や水戸《みと》藩など徳川親藩《とくがわしんぱん》も将来の異国との戦に備え、銃や大砲を外国から購入し、軍備を強化しはじめたというわけだ。いま我々が、こうして集団戦の訓練をしているのも、その一環なんだ」

龍之介は考え込んだ。

「なるほどな。だが、そうと判っても、どうも、洋式の戦には馴染めないな」

文治郎が茶化《ちゃか》すようにいった。

「おい、龍之介、御前仕合いなんぞに現《うつつ》を抜かしている時ではないんじゃないか。御前仕合いとは、時代遅れもいいところではないか」

九三郎もにやついた。

「龍之介、御前仕合いに勝ち残るといっても、そもそも御前仕合いに出られるのか？　それが問題だろう」

「たしかに、そうだ。龍之介、さっそく伴康介師範か、指南役の佐川官兵衛先生を訪ねて、はっきりと、出場したい、と申し入れた方がいいぞ」

　権之助も龍之介の背を叩いた。

「うむ。師範室に行ってみる」

　龍之介は、笑いながらうなずいた。佐川官兵衛様には、報告しなければならないことがある。


　師範室の窓はがらりと開かれ、外から蟬の声が喧しく入ってきた。

　佐川官兵衛は、龍之介の報告を聞きながら、しきりに団扇《うちわ》で扇いでいた。

「そうか。破門されたか。それでよし。破門が恐くて御前仕合いに出られないといったら、それだけでも失格だ」

「それがしを、ぜひ、御前仕合いに挑戦させてください」

「うむ。わしはおぬしを選抜代表に推薦しようという気はある。だが、指南役のわしが推薦するだけでは依怙贔屓《えこひいき》と取られかねない。龍之介、おぬしも、それは嫌だろう」

「はい。公明正大に、選ばれて出場したいです」

　龍之介は胸を張った。

「知っておろうが、日新館道場からは選抜代表を出す枠が三席ある。師範会議で日頃の稽古の様子を見て、これなら日新館道場の選抜代表として文句がないという優秀な者を二人推薦する、さらに志願者全員による仕合いでの優勝者一人、以上三人を選抜代表とすることになっておる。龍之介、おぬしは、どちらを選ぶ？　師範会議で選ばれるのがいいか、それとも選抜仕合いで優勝して臨むか」

佐川官兵衛は正座した龍之介をじっと見つめた。龍之介は即座に答えた。

「先生、それがしは選抜仕合いに出させていただきます」

いまは破門の身だが、一応、天狗老師から真正会津一刀流の初段合格を頂いている。だが、己れの力が、いま日新館道場では、どのような位置にあるのかが知りたかった。

「龍之介、おぬしなら師範会議できっと選抜代表の候補になるだろう。だが、選抜仕合いに出たら、わしは何も手は出せん。万が一、おぬしが選抜仕合いに敗退したら、出られなくなるが、それでいいのだな？」

「はい。選抜仕合いで負けるようなら、はじめから、御前仕合いに出る資格はないと思っています」

「それはそうだ。その意気でやれ。では、おぬしの名は推薦候補から外す。おぬしは、選抜仕合いに出て、なんとしても勝ち上がれ」

「はいッ。全力を尽くします」

龍之介は元気よく返事をした。

佐川官兵衛は頼もしげに龍之介を見つめた。

「選抜仕合いは、お盆あけから行なわれることになろう。対戦相手は、その都度、変わる。誰とあたっても、勝て。いいな」

「はいッ」

背筋を伸ばし、佐川官兵衛を真っ直ぐに見上げた。

道場から竹刀を打ち合う音や鋭い気合いが伝わって来た。

四

今日も朝から空はからりと晴れ渡り、夏の太陽の陽射しがじりじりと照らしていた。

龍之介は、母の理恵と姉の加世を従え、冬木沢《ふゆきさわ》村へ通じる道を黙々と歩んでいた。

母たちの背後には、若党の長谷忠ヱ門と下男の作平《さくへい》爺、下女のトメが、お供え物を携えて歩いて来る。

道の周囲には、青々とした稲田が広がっている。

今日は盆迎えのお詣りの日である。

毎年、お盆の時季には決まって、会津の人たちは挙《こぞ》って、会津の野辺《のべ》である冬木沢村まで行き、八葉寺《はちようじ》に盆迎えのお詣りし、ご先祖様の供養をするのだ。

龍之介たちの前にも後ろにも、盆迎えの人々が賑やかに話し合いながら歩いている。

冬木沢村は会津城下から北へおよそ一里のところにある。八葉寺は、昔、空也上人《くうやしようにん》が開創した寺とされ、会津高野山《こうやさん》として会津の人々の信仰を集めていた。

八葉寺は鮮やかな緑の樹林の中に建っていた。本堂に到る参道には、大勢の老若男女が並んで、念仏を唱えながら、お詣りの順番を待っていた。

龍之介は手作りの木製の五輪塔《ごりんとう》を胸に抱えていた。五輪塔を振ると、かすかに塔の内から音が鳴った。

父牧之介の遺髪の音だった。

父の遺髪は、望月家の総領《そうりよう》として、龍之介が抱いている。

真之助の遺骨の骨片を入れた五輪塔は、理恵の胸に抱かれていた。姉の加世は、桔梗《ききよう》や女郎花《おみなえし》の束を胸に抱いていた。

木造りの五輪塔は、八葉寺に納骨されるのが冬木沢の盆迎えのしきたりだった。

そして八葉寺本堂の祭壇に、お供え物を捧げる。

今日は父牧之介と兄真之助の新盆《にいぼん》だった。

だんだんと陽が昇るにつれ、参道の石畳が熱で温められ、ますます暑くなってくる。

燦々《さんさん》と降り注ぐ陽の光の中、本堂の方からお詣りを終えた人たちや家族連れが連らなるように引き返して来る。その人波の中に、一際上背《ひときわうわぜい》のある長身な侍の影があった。長身の侍は幼女を腕に抱えている。侍の数歩後ろに控えて歩く御新造と娘子の姿が見えた。

遠目にも見覚えがあった。

もしや、大槻弦之助様と御新造のおゆき様たちでは？

龍之介は眩《まばゆ》い陽光に目を細めながら、歩調を落とさず、そのまま歩を進めた。果たして長身の侍は大槻弦之助、数歩下がってついて来るのは、おゆきと奈美の姿であった。

「龍之介、あのお方たちは大槻様ご一家ではなくって？」

後ろから母の声が聞こえた。

「そうですね」

「大槻様たちも、ご家族お揃いで盆迎えのお詣りに御出ででしたのね」

加世がいった。

大槻弦之助たちは、すでにこちらに気付いたらしく、遠くから頭を下げた。

龍之介たちも、足を止めて頭を下げ、答礼した。

龍之介は、ゆっくりと大股で参道を歩き出した。

大槻弦之助も幼女を胸に抱えながら、しっかりとした足取りで歩んで来る。八葉寺の本堂に近付くにつれ、念仏の声が次第に大きくなっていく。

やがて、大槻一家との距離が詰まり、龍之介たちは参詣の人たちの列を外れた。後ろからの参詣の人たちが、龍之介たちの脇を追い抜いて行く。

「大槻様、その節は、いろいろお世話になりました」

龍之介は大槻弦之助と御新造のおゆきにお礼をいい、頭を下げた。後ろの母や姉たちも頭を下げて挨拶をしている。

龍之介はおゆきの傍らで、奈美が頭を下げているのを目の隅で捉えていた。母子ともに、地味な絣《かすり》の着物姿だが、おゆきは背筋を伸ばし、凛《りん》とした武家の女の気品に満ちていた。奈美も、清楚《せいそ》な面立ちで龍之介を見つめている。

「この度は、お父上様、兄上様の新盆のお迎えですな」

「はい。大槻様は？」

龍之介は奈美の視線が自分にしっかりと向けられていたのに気付き、一瞬胸がどきりとした。

龍之介は慌てて目を奈美に向けて目礼した。奈美も目礼で応え、恥ずかしそうに顔を伏せた。

奈美とは真之助の墓参り以来だった。そんなに月日は経っていないのに、以前よりも一段と娘らしくなったような気がする。

大槻弦之助が何かをいっていたが、龍之介は気を取られて、話が耳に入らなかった。理恵が龍之介に代わって、大槻弦之助に受け答えしていた。

おゆきも会話に加わり、穏やかに談笑している。奈美は目を上げ、じっと龍之介を見つめていた。龍之介は胸が高鳴った。奈美を意識するあまり、大槻から話しかけられているのに、何をいっているか分からないほど上気《じょうき》していた。

「龍之介、どうしたの。大槻様にご返事をなさい」

加世が笑いながら、龍之介の小脇に軽く肘打ちした。

「は、はい」龍之介は気を取り直した。

大槻弦之助が、丸顔の幼女を抱き、笑いながらいった。

「一度、おぬしと話をしなければならぬことがござってな。お盆の間にも、ぜひ拙宅《せったく》に来てくれぬか」

ようやく大槻弦之助の声が耳に入った。

「はい。それがしも、ぜひ、大槻様にお目にかかり、伺いたいことがございまして」

「そうか。いつでもよいぞ」

大槻はおゆきと顔を見合わせ、ほがらかに笑った。奈美もうれしそうに微笑んでいる。

「皆様も、これから、お迎え詣りをなさるのでしょうから、それがしたちは、これにて失礼いたす」

大槻弦之助は、龍之介と母理恵、加世に一礼した。

「では、ごめん」

龍之介は気を取り直し、並んだ参詣者の列に頭を下げて、割り込ませてもらった。振り向くと、大槻家の四人家族が和《なご》やかに話しながら去って行く後ろ姿が見えた。

「龍之介、さっきは大槻弦之助様がお話しされているというのに、ろくにお答えもせず、気も漫《そぞ》ろになっていて、いったい、どうしたのです？」

理恵が詰《なじ》るようにいった。脇から加世が笑いながら揶揄《やゆ》した。

「お母様、龍之介も人並みにお年頃になったんですよ」

「まあ、龍之介、あなたもねえ」

理恵はしたり顔になった。

「母上、それがし、なんでもありません。ちと考え事をしてしまっただけで」

加世が悪戯っぽそうに肩で笑った。

「奈美さんねえ。まだ子どもっぽくて可愛らしいけど、すぐに花咲くわよ。決して悪い相手ではないわね」

「姉上、そんなんじゃないですよ」

龍之介は首から上が急に熱くなるのを覚えた。

「じゃあ、何なのよ」

「だから、もう、からかわんでください」

「まあ、真っ赤な顔になって。ねえ、お母様、龍之介、よほど奈美さんが気に入っているのねえ」

「そうねえ。龍之介、あんな約束をなさって。ほんとにいいんですか」

理恵も困った表情で訊いた。

「え、約束？　それがし、何か約束しましたか？」

「やっぱり、うわの空で返事をしていたのね」

「そうでしょ、お母様、龍之介ったら、天にも昇った心地だったのでしょう」

理恵と加世は顔を見合わせて笑った。

「覚えていないの？」

「はい。それがし、何の約束をしたのでしょうか？」

龍之介は、奈美に気を取られていて、何をいわれたのか、よく覚えていない。かすかに、何かをいわれ、はい、と返事をしていたような気がした。

「お盆の打ち上げ花火に、家族を連れて行ってくれないかといわれたのよ。あなた、ぼんやりしながらも、はいと返事をしていたじゃないの。そんな大事なことを覚えていないの？」

龍之介はどぎまぎした。そんなことをいわれたのか、と思った。覚えていない。だが、たしかに聞いたような気もする。果たして、どちらだったのだろうか。

目の前に八葉寺の本堂が迫っていた。

「……母上、姉上、そろそろ、それがしたちの番でござる」

龍之介は気を取り直し、参詣の準備をした。

仏壇の前に座った僧侶たちが、読経する声が厳《おごそ》かに響いていた。

一組前の家族が、祭壇にお供え物を捧げ、拝礼していた。その家族は参詣を終えると、参道に戻って行った。

龍之介は持参した父の遺髪が入った五輪塔を祭壇の上に捧げた。母も息子の真之助の骨片が入った五輪塔を捧げた。

「新盆のお迎えですね」

若い僧が一人現われ、龍之介たちに恭《うやうや》しく頭を下げた。

僧は二基の五輪塔に手を合わせ、念仏を唱えながら静かに拝礼した。

「では、こちらへ、御出でください」

僧は龍之介たちについて来るよう促した。

龍之介は理恵と加世と一緒に、本堂に上がった。

僧は二基の五輪塔を捧げ持ち、静かに本堂の奥へ運んで行く。龍之介たちは僧に付いて行った。僧は奥の納骨堂の出入口の前で足を止めた。

納骨堂の内部は、薄暗く、かすかに黴《かび》の臭いがした。壁には何段もの棚があり、そこに無数の小さな五輪塔や納骨塔婆《とうば》が並んでいた。

「では、こちらに納めましょう」

僧は納骨堂の棚の空いた場所に、二基の五輪塔を並べて置いた。

「ありがとうございます」

龍之介は、理恵と加世と並んで、いま一度五輪塔に手を合わせ、念仏を唱えながら、牧之介と真之助の成仏《じょうぶつ》を祈った。

理恵と加世は手を合わせながら、静かに涙を流していた。

「では、お別れが済みましたら、本堂にお戻りください」

僧はそう言い置き、退いた。

龍之介たちはしばらくして、本堂の祭壇の前に戻った。

読経をする僧侶たちの後ろに、神妙な顔付きの長谷忠ヱ門や作平爺、トメが座っていた。

「供物やお花は祭壇に捧げてあります」

長谷忠ヱ門が小声で龍之介に告げた。

「うむ。ご苦労さまです」

龍之介はうなずき、僧侶たちの後ろの席に座った。理恵と加世は涙を拭い、龍之介と並んで座った。

読経の声が流れていた。堂外から蟬の声が堂内にも響き渡っていた。

龍之介は、理恵や加世と一緒に、目を瞑り、読経に聞き入っていた。本堂の前には、絶え間なく、盆迎えの人たちが訪れ、参詣を済ませては引き揚げて行く。

龍之介は心の中で父と兄の面影をなぞり、必ず江戸に行き、二人が、なぜ死ななければならなかったのか、その真相を突き止めると心に誓っていた。

五

龍之介たちが、八葉寺での新盆の儀式を終えて、ご先祖様の御霊《みたま》をお迎えし、西郷邸の離れに戻ったのは午後遅くのことだった。

龍之介と理恵、加世は、仏壇の燈明を灯し、線香に火を点《つ》けた。玄関先に白い盆提灯《ちょうちん》を吊した。母は仏壇の中に、牧之介と真之助の真新しい位牌を二つ加えた。奥まったところに祖父玄馬の大きな位牌が並んでいる。

龍之介は、あらためて仏壇の前に座り、線香を上げて、ご先祖の御霊や父、兄の御霊を迎えて合掌した。理恵と加世も、龍之介の傍らで、一緒に手を合わせていた。

母も姉も、二人とも、いつになく寡黙《かもく》だった。必要なことしか口に出さない。二人は、すぐに台所に行き、夕食の支度を始めた。

龍之介は、上半身裸になり、木刀を摑んで、庭に下り立った。

太陽は西に傾いてはいるものの、熱い陽射しを投げている。

龍之介は、庭に立つ欅《けやき》の木に向かい、木刀の素振りを始めた。素振り千回。打ち込み千回に比べれば、まだ楽な方だ。

木刀を振るうちに、全身から汗が吹き出してきた。流れ出る汗とともに、頭から邪念や雑念が消えていく。蟬の声が消え、奈美の顔が薄れ、徐々に無心の境地に近付いていく。

「…………」

誰かの呼ぶ声が聞こえた。龍之介は、空耳《そらみみ》だと思い、そのまま素振りを続けた。

「龍之介！」

傍らに誰かが飛び込んだ。龍之介ははっとして、素振りを止めた。

小野権之助だった。鹿島明仁の顔もあった。

「おっ、二人揃って、どうした？」

龍之介は権之助と明仁に笑顔を向けた。

素振りを止めたとたん、どっと蟬の声が降りかかるのを感じた。陽射しはだいぶ西に傾き、土蔵の白壁をほんのりと茜《あかね》色に染めていた。

龍之介は腰の帯にくくりつけておいた手拭いを抜き、汗まみれの胸や首筋を拭った。

急いで小袖に腕を通した。

「いま日新館道場に行って来たところだ」

権之助が息急《いきせ》き切っていった。龍之介は訝《いぶか》しげにきいた。

「日新館はお盆休みじゃなかったか？」

「うむ。だが、先生方は、みな出ていた。師範会議を開くためだ」

龍之介は、ははあん、と思った。そろそろ、御前仕合いの代表を選抜するという話だった。その会議なのだろう。明仁が興奮した口調でいった。

「御前仕合いに出場する代表選手を決める会議だ」

「やはりな。で、誰に決まった？」

「一人はほとんど揉めずに、すんなりと川上健策《かわかみけんさく》に決まった」

「うむ。そうだろうな」

龍之介は、たぶん川上健策が代表の一人になるだろうと思っていた。川上健策は、抜き胴を得意技とし、最近、めきめきと腕を上げていた。

「二人目の代表が、大揉めに揉めた。決まるのにだいぶ時間がかかった」

「ほう。で、誰に決まった」

「井深薫《いぶかかおる》だ」

「ほほう。それは意外だな」

井深薫は、藩の要路の井深甚大《じんだい》の息子だ。日新館道場では席次一番か二番を争う上級者ではあるが、ほかにも、同じくらいの腕前の上級者はいる。

「代表は、川上健策と井深薫の二人。もう一人は、月々に行なわれる選抜仕合いで、勝ち残った勝者になる」

龍之介は、なるほど、とうなずいた。だが、川上健策の名が挙がるなら、当然、同様に挙がる名がある。

「秋月明史郎《あきづきめいしろう》は？」

「補欠だ。万が一、川上健策や井深薫が出られなくなったら、という控えだ」

「秋月明史郎だったら、たしかに順当な人選だが、誰が井深薫を推《お》したのだ？」

「安藤主馬師範だ。安藤師範がかなり強引に推薦したらしい。川上健策を代表にするなら、その対抗馬である井深薫が、代表にふさわしいといってな」

「そうか。川上健策は伴康介師範の秘蔵っ子だものな。伴師範の弟子が出るなら、自分の弟子も出せということか」

龍之介は唸った。

明仁は得意気に鼻の先を手でこすった。

「井深は、ほら、北原従太郎の子飼いだったが、先の事件で北原従太郎を見限り、一乗寺派に乗り換えた。安藤師範は、いまの筆頭家老の一乗寺常勝と親しい仲だから、その筋の推薦もあるのではないか」

「出場者の選別をするのに、政治が絡むのか。みっともない話だな」

「それにしても師範会議はおかしい。龍之介、おぬしの名前が出なかった」

権之助は不満そうにいった。

明仁もうなずいた。

「そうだよ。てっきり、龍之介の名が挙がるか、と思いきや誰も推薦しなかったらしい。あの指南役の佐川官兵衛先生もだ」

「せめて、補欠に挙がってもいいだろう？　まったく龍之介が無視されるというのは、おかしい話だ」

龍之介は笑った。

「それでいいんだ」

「どうして？」

「それがしは、佐川官兵衛先生にいったんだ。師範会議での推薦枠ではなく、堂々と選抜仕合いを勝ち上がって御前仕合いに出場するつもりだと」

権之助と明仁は顔を見合わせた。

「もし、選抜仕合いで負けたら、どうするのだ？」

「ははは。そん時は仕方がないさ。諦めるしかない」

「お家再興はどうなる？」

龍之介は背筋を伸ばした。

「だから、なんとしても選抜仕合いに勝つ。選抜仕合いに勝ち残れぬようでは、はじめから御前仕合いに出る資格がない」

「それはそうかも知れんが」

権之助は顔をしかめた。

龍之介も分かっている。川上健策や井深薫ぐらいの力を持つ剣士は、門弟のなかに必ずいる。それでも、なんとしても勝ち残るしか道はない。

明仁が明るい声できいた。

「龍之介、天狗老師から授かった実戦的な剣法があるだろう？　真正会津一刀流を遣うのは、どうだ？」

龍之介は頭を左右に振った。

「御前仕合いに出るといったので、破門された。それに、それがし、真正会津一刀流をまだ習得しておらん。とば口でうろうろしていた未熟者だ」

「破門された？　それは困ったな。真正会津一刀流を遣えば、きっと勝てるのにな」

　明仁はため息をついた。

　龍之介は笑顔を作った。

「まだ三ヵ月ある。いまの力を磨いて、最大限力を発揮《はっき》するしかない。それで負ければ、それが己れの運命だ」

　権之助は大きくうなずいた。

「龍之介、それがし、おぬしを応援しておるぞ。稽古相手なら、いつでもなる。なんとしても気張れ」

「それがしも、龍之介を応援している。それがし、天に祈ることしかできんが」

　明仁も龍之介を励ました。

「ふたりとも、ありがとう。それがし、おぬしたちが応援してくれると、ますます力が湧いてくる」

　龍之介は権之助と明仁に笑った。

　ふと、どこからか太鼓の音が聞こえてきた。

　戟門の太鼓ではない。踊りの太鼓の音だ。

　明仁がうれしそうにいった。

「盆踊りの太鼓を練習している音だ。明晩から、城下の各町内で盆踊りがある」

「みんなで、どこかの盆踊りに行ってみるか。子どものころ、よく誘い合って盆踊りに行ったものだったよな」

龍之介が二人にいった。権之助が賛成した。

「いいね。諏方《すわ》神社の盆踊りが盛大だったな」

「諏方神社にしよう。みんなに回状《かいじょう》を回す」

明仁がうれしそうにいった。

権之助が思い出したようにいった。

「そういえば、お盆の最後の日には、送り火として阿賀川《あががわ》の河川敷で、盛大な打ち上げ花火があるってよ。龍之介、おぬしも見に行こう」

「もちろんだ。それがしも行くが……」

龍之介はふと思い出した。大槻弦之助親子と挨拶を交わした時、花火のことで、何か約束した、と姉の加世がいっていた。花火に、大槻家の家族を龍之介が連れて行くことを大槻弦之助と約束したのだ。

明仁がしんみりといった。

「龍之介ん家《ち》は、親父さんと兄さん二人の新盆だものな。今年の打ち上げ花火は、特別な感慨があるだろうな」

「そうだな。ご家族みんなで、送るんだろうな。誘うのは遠慮しよう」

権之助はうなずいた。龍之介は二人にいった。

「みんなで集まって花火を見るのなら、一応、声をかけてくれ。それがしも、できれば、みんなと一緒に見たい」

「分かった。そうしよう」

権之助と明仁は同時にうなずいた。

廊下に加世が現われた。手に持ったお盆には、赤い西瓜《すいか》が並んでいた。

「さあ、三人とも、召し上がれ」

加世は盆を廊下の床に置いた。

「おう、西瓜だ」

「甘そうだな」

「一人二切れずつだな」

龍之介たちは一斉に盆に手を伸ばし、西瓜の切片を摑み上げた。

「うまい」

「甘めえ」

「冷てえ」

　みんなは子どもに返ったように、うれしそうに声を上げて、西瓜にぱくついていた。

　盆踊りの太鼓の音が、黄昏《たそがれ》る町に轟いていた。

六

　龍之介は、熱い陽射しを避けて、いくぶんか涼しくなった夕方近くに、大槻弦之助の武家長屋を訪ねた。

　龍之介は竹籠に山と積んだ茄子《なす》や胡瓜《きゆうり》を、御新造のおゆきに手渡した。

「母が、うちの畑でできた野菜ですが、たくさん採れたので、大槻様にも御裾分けしたい、と申してました。ぜひ、召し上がりください」

「まあ。こんなにたくさん頂くなんて。ありがとうございます。でも、お返しに何を差し上げたらいいのか」

　おゆきは困惑した表情になった。

「母が、いっていました。土がいいのか、うちだけでは食べきれない野菜ですので、遠慮なさらず、みなさんで召し上がってくださいと。返礼のご心配はなさらないように、と申しておりました」

「そうですか。では、ありがたく頂戴いたします。お母様には、よろしくお伝えください」

おゆきは何度も頭を下げた。おゆきの後ろで、奈美も一緒にお辞儀をしていた。奈美は手拭いで姉さん被りをしていた。何か家事を手伝っていた様子だった。

奈美の陰から、目を大きく見開いた幼女が恐る恐る龍之介を睨んでいた。

龍之介が訪ねた時、大槻弦之助は襷《たすき》掛けし、居間の中で傘張りの真っ最中だった。

龍之介が、大槻弦之助の様子に、また出直そうとすると、大槻弦之助は笑いながらいった。

「この傘張りは、慣れると結構おもしろいものだ。済まぬが、この傘張りをすれば終わる。その間、待っていてくれぬか」

「お待ちします。どうぞ、ゆっくり、お仕事をなさってください」

龍之介は、上がり框に腰を下ろし、部屋の中を見回した。武家長屋の中は、居間と寝所の二間続きしかなく、あとは台所の板の間と土間があるだけだった。厠は共同で長屋の外にあった。

大槻弦之助は、どっかりと畳の上に腰を落ち着けていた。目の前に傘の骨を広げ、刷毛で、膠《にかわ》の糊《のり》を傘の骨に塗る。その糊が乾かぬうちに、骨に油紙を広げて張りつける。単純だが、細やかな神経を遣う手作業だった。

龍之介は興味深く、その手作業に見入っていた。

大槻弦之助は手際よく傘張りを終えると、立ち上がり、襷を外した。

「お待たせした」

大槻弦之助は畳の上に正座した。

おゆきがお盆の上に湯呑み茶碗を二つ並べ、大槻弦之助と龍之介の前に置いた。

「旦那様も、龍之介様も、暑いので、さぞ喉が渇いたでしょう。どうぞ、麦茶を召し上がってください」

「うむ。喉が渇いたところだった」

大槻弦之助は湯呑み茶碗を摑むと、うまそうに喉を鳴らして麦茶を飲んだ。

龍之介も、慌てて湯呑み茶碗を摑み、口元に運んだ。龍之介は麦茶を口に含み、一気に飲もうとし、激しくむせ返った。袖で口を覆おうとした。

「奈美、手拭いを」

おゆきがいう前に、すでに奈美は頭に掛けていた手拭いを外し、龍之介に駆け寄っていた。手拭いをそっと差し出した。

「これをお使いください」

「か、かたじけない」

龍之介はむせながら、奈美から手拭いを受け取って口元にあてた。まだ咳き込んでいたが、次第に呼吸が出来るようになり、咳は治まった。

「大丈夫ですか?」おゆきが声をかけた。

「…………」龍之介は黙ったままうなずいた。口元に押し付けた手拭いから、ほんのりと奈美の汗の匂いがした。

奈美は台所に引っ込んで片付けものをしている。

おゆきは詰るようにいった。

「あなたが一気にお飲みになったから、龍之介様も慌ててお飲みになったのですよ」

「ああ、済まぬ。龍之介殿、おぬしはゆっくり喉を潤してくれ。拙者はちと喉が渇いたので、つい急いで飲んでしまった」

大槻弦之助は笑いながらいった。

「ところで、奥、わしたちは少々込み入った話がある。ちと外に出て歩いくる」

「はい。分かりました」

「龍之介殿、夕涼みをしながら、話をしよう。いいかな」

「はい。分かりました。御供します」

龍之介は手にした手拭いを懐に入れ、腰を上げた。

「では、それがし、これにて、失礼いたします。麦茶をありがとうございました」

龍之介はおゆきと奈美に頭を下げた。

「もう、こちらにはお戻りにならない？」

「はい」

「何のお構いもできず。御免なさい」

おゆきは頭を下げた。台所の奈美もお辞儀をしている。龍之介は、土間から外に出た。

まだ空気はねっとりと熱く、肌にまとわりついてくる。それでも、表の通りには、涼風がそよいでおり、いくぶんかは涼しかった。

蟬の声も、昼下がりの暑苦しいアブラ蟬の声でなく、やや哀しげなカナカナ蟬の声に変わっていた。

龍之介は大槻弦之助と並んで歩いた。

「話というのは、ある親しくしている人物から頼まれたことがあってな」

何の話なのだろうか、と思ったが、大槻が話すまで黙っていようと心に思った。

大槻は腕組みをし、ゆっくりした歩調で歩いた。

「おぬし、御前仕合いに出たいそうだな」

「はい」

「出る以上は、最後まで勝ち残りたい？」

「はい」

「それで、御上に認められたいと申すのだな？」

「はい」

「御上に直訴して、家老会議のお家断絶の処分を取り消させ、望月家を再興したいというのだな」

「はい」

「直訴して、御上が処分を取り消すか否かは分からぬぞ」

「はい。それは覚悟の上です」

龍之介は、いまの話を誰から聞いたのだろうか、と思った。

龍之介のお家再興のための企《くわだ》てを知っているのは、ごく少数だった。佐川官兵衛と西郷頼母、権之助や明仁ら什の仲間四人、それに天狗老師と師範代武田広之進ぐらいしかいない。

「ある人から、聞いた。おぬし、真正会津一刀流を破門されたそうだな。それも、習いはじめの段階で」

「はい。よくご存じですね」

「はははは。誰から聞いたのか、おおよそ見当が付こう？」

「はい。ですが、誰でもいいです。事実ですから。それに何も隠すことはありません」

「わしも誰から聞いたかはいえん。いずれはいってもいいが、いまはいってはならぬといわれておるのだ」

「なぜですか？」

「保秘だからだ」

「保秘ですか」

「くだらん。実にくだらんが、藩の禄を受けている身としては、保秘といわれれば、保秘にしなければならないのだ。それが決まりなのだ」

龍之介は、大槻弦之助が、なんらかの密命を帯びている組織の人間なのだ、ということを理解した。

「そんなことはどうでもいい。これから申すことは、その人物からの密かな要請なのだ。命令とかでもない。それがしが、いやだといえば、やらずに済む。そういう類のものだ」

「それで、大槻様は、それをやりたくない、と申されるのですね」

大槻はふふふと含み笑いをした。

「そうではない。頼んできた人物の意図が、何なのかが読めないのだ。それがしは、やってもいい。いや、ぜひ、引き受けたい。だが、そうしてくれという御仁《ごじん》の狙いに不安を覚えるのだ」

「どういう依頼なのですか？」

「龍之介、おぬしに隠し剣御留流の真正会津一刀流の極意を教えてやってくれ、という依頼なのだ」

「ま、まさか」

龍之介は驚いた。自分は破門されている。にも拘《かかわ》らず、誰かが大槻弦之助に依頼して、真正会津一刀流を自分に習得させようとしているというのか？　どういうことなのだろう。

「あらかじめ、申しておくが、それがしも、実は天狗老師様の許で修行した。そして、真正会津一刀流の免許皆伝を頂いた」

「………」

「だが、あることをもって、それがしは、天狗老師様から破門された。だが、頂いた真正会津一刀流免許皆伝は、取り消されずに済んだ」

「そうでしたか」

「さっきも申したが、あくまで、それがしの思いを汲んだ依頼なのだ。教えたくなければ、教えずともいい、とな。その結果の責任も、取ることはないともいわれた。ただし、おぬしに教えているとなれば、それに見合う禄は出そうというのだ」

龍之介は考えた。

依頼人は、おそらく天狗老師ではない。師範代の武田広之進でもないだろう。彼らは、禄を出すことが出来る立場にはない。もっと上の立場の藩執政ではないか。とすると、大槻がいうように、自分に隠し剣御留流の真正会津一刀流を習得させ、どうしようというのか？　たしかに、依頼人の狙いや意図がどこにあるのか、不安がある。

「おぬしに話したのは、おぬしが本当に真正会津一刀流を究めたいのかどうかだ。おぬし次第だ。どうする？」

龍之介は、一瞬迷った。断るか、あるいは返事を先延ばしするか。

龍之介は、ふと大槻弦之助の傘張りをする侘しい生活を思い出した。御新造のおゆき、長女の奈美と年の離れた末娘が幸せになるならば。

もし、自分が真正会津一刀流を習得したいといえば、大槻弦之助には、それなりの禄が出る。禄があれば、大槻家の生活は、いま少し楽になるだろう。

龍之介は、心に決めた。

「分かりました。大槻先生、それがしに真正会津一刀流の極意を教えていただけますか？」

大槻弦之助の顔が晴れた。

「そうか。しかし、将来、何が起こるか、分からなくてもいいのか？」

「はい。覚悟しています。いまは、何より、選抜仕合いに勝ち、御前仕合いに出ることが先決だと思っています。そのために、できることは何でもやろうと思っています」

「分かった。おぬしが、その覚悟ならば、それがしも腹を括《くく》って、天狗老師に代わり、それがしが知るすべてを教えよう」

「お願いいたします」

「ただし、それがしの教え方は厳しい。厳しいのは危険を伴うからだ。危険を回避するため、つまりは、おぬしのためだ。覚悟しておけ」

「分かりました。お願いします」

「うむ。それがしは、依頼人に、いま一度、何のために、破門になった龍之介に真正会津一刀流を習得させようとするのか、を問おうと思う」

「お願いします。分かったら、教えてください」

「もちろんだ」

「それで、いつから稽古をつけていただけるのでしょうか？」

「お盆が明けてからにしよう。それがし、お盆の間に、依頼人と会って話をしたい。それから修行を開始する」

「修行の場所は、どちらでございますか？」

「こちらから、その都度、知らせよう」

「それがし、未熟者です。何かとご迷惑をおかけするかも知れません。よろしくご指導をお願いいたします」

「うむ。こちらこそ、よろしくだ」

大槻弦之助は満足気にうなずいた。

二人は鶴ヶ城《つるがじょう》のお堀端に来ていた。

どこからか、盆踊りの太鼓の音が聞こえてくる。

夕陽が鶴ヶ城の城壁を赤く炎《も》えさせていた。

「ところで、龍之介、おぬし、冬木沢詣りで会った時、おゆきと奈美を花火大会に連れて行ってくれると約束してくれたな」

「はあ……」

「やはり覚えておらぬか。おぬし、あの時、なぜか、心ここにあらずのようだったからな」

「いえ。そんなことはありませぬ」

龍之介は慌てて否定した。

「覚えております。ただ、どんな約束だったか、もう一度お聞かせ願えれば、はっきりと思い出せるのですが」

「それがしは、奈美と妻に、今年こそ花火大会に連れて行くと約束しておったのだ。だが、それがしは花火の日、登城を命じられてしまい、花火大会にどうしても行けなくなった。それで、つい顔見知りのおぬしに頼んでしまった。おゆきも奈美も、おぬしなら安心して預けることができる。そう思ってな」

「分かりました。お引き受けします。ご安心ください。我が家は、父と兄が亡くなった新盆です。だから、一家揃って、送り火をします。それがしが、お二人のための席をご用意させていただきます」

「お幸《さち》を入れて、三人だが」

「はい。三人ですね。分かりました。ご安心ください」

龍之介は、ほっと安堵した。そんな大事な約束を忘れていたとは。

気付けば、いつの間にか、西郷家の邸が通りの先に見えた。

「うむ。では、今宵は、これで失礼する」

大槻弦之助は踵《きびす》を返し、来た道を戻りはじめた。龍之介は立ち尽くし、黄昏の中に、歩み去る大槻弦之助の長身の姿を見送った。

龍之介は懐に手を入れた。奈美の汗の匂いがついた手拭いだ。

龍之介は手拭いを取り出し、鼻にあてた。まだ、かすかに奈美の匂いが残っていた。

第三章　弔《とむら》い花火

一

町内を練り歩いた神輿《みこし》や山車《だし》の出し物も終わり、残すはお盆の行事を締め括る盆踊りと打ち上げ花火だけになった。

昼の暑さは、曇り空ということもあって、幾分か和らいでいた。それでも、少しでも躯を動かすと、浴衣《ゆかた》に汗が滲んでくる。

龍之介は扇子《せんす》を開き、ぱたぱたと扇《あお》いで涼を取りながら、諏方神社への道を急いだ。

鳥居の前で、権之助や文治郎、九三郎、明仁の什の仲間四人が待っていた。全員、言い合わせた通り、浴衣姿だった。

諏方神社の境内に建てられた櫓《やぐら》から、軽やかな笛の音と、太鼓の打ち鳴らされる音が響いていた。

　えいやー　会津磐梯山は　宝の山よー
　笹に黄金が　えーまた　なりさがる

　軽妙な笛の音に合わせ、女が会津音頭《おんど》を高らかに唄っている。

　龍之介は、権之助たちと並んで、踊りの輪を眺めていた。

　浴衣の帯に重い刀や脇差しを差すのは馴染まない。だから、龍之介をはじめ、権之助も文治郎、九三郎、明仁も全員、刀は家を出る時に置いて来た。

　しかし、腰に刀がないのは、どうも落ち着かない。龍之介は、仕方なく扇子を刀の代わりに腰に差した。軽くても腰に扇子があるというだけで、妙に安心する。

　ようやく日が暮れ、鶴ヶ城の白壁が夕陽に茜色《あかね》に染まっていた。あたりは黄昏に覆われはじめていた。

　櫓の近くに薪《まき》が堆《うずたか》く積まれ、祭り袢纏《ばんてん》（法被《はっぴ》）を着た若者たちが焚火の用意をしている。西の山並みに陽が落ちたら、焚火に火がかけられ、諏方神社の盆踊りは最高潮に達する。

龍之介は子どものころから、諏方神社の盆踊りは毎年見ていたが、父や兄を亡くした新盆の盆踊りは、初めてのように新鮮に思えた。

踊りの輪は揃いの赤い印袢纏《しるし》（法被）を着込んだ若者たちの踊りに先導され、続く踊り手たちが、櫓の周りに二重三重に輪の列を作って踊る。赤い印袢纏の男たちの後に続くのは、やはり揃いの浴衣を着込んだ町内の女たちの連《れん》である。

揃いの浴衣姿の女たちも、腕を掲げ、手を振り、太鼓の音に合わせて、颯爽と踊り続ける。二歩進んでは、後ろに一歩退《ひ》く。ついで、また二歩出ては、一歩下がるを繰り返す。女たちはしなやかな肢体で、艶《あで》やかに踊りながら少しずつ前進して行く。

揃いの浴衣姿の女たちは、踊りに切れがある。足取りも揃っているので、見るからに、美麗だった。

その揃いの浴衣姿の女たちの後ろには、町内の男や女、母親や子どもたちが続く。色とりどりの柄《がら》の浴衣姿で揃っておらず、踊りも上手な人がいたり、下手《へた》な人もいる。なかには爺さんや婆さんも一緒で家族ぐるみで踊りに加わっている人たちもいた。

踊りの輪の中で、やはり華やかなのは、若い娘たちの踊りだった。娘たちは、これ見よがしに、いま流行《はや》りの髪型にし、目一杯化粧をして、目立とうとしていた。その娘たちの列が回って来ると、見物人たちはどよめいた。

見物人たちには、浴衣姿の武家の娘たちもいた。彼女たちは互いに身を寄せ合って、じっと町家の娘たちの踊りを眺めていた。

「おい、龍之介、あの武家娘たちも踊りたくて、うずうずしているんじゃないか」

九三郎が龍之介に囁いた。龍之介は腕組みをし、うなずいた。

たしかに、彼女たちは羨望《せんぼう》の眼差しで、町家の娘たちの艶やかな踊りを睨んで、こそこそと話し合っていた。だが、踊りの輪に加わらないのは、まだ夜の暗さが足りず、彼女たちは踊りの輪に入る決心がつかないのだろう。

文治郎がにやけた。

「みな同じ年ごろの娘だぜ。町家と武家の違いなんて関係なかんべな。盆踊りの輪に加わりたいという気持ちは同じだろう」

「町家の娘ばかりが踊っているのを見て、本当は踊りたくてやきもきしているんだろうぜ」

権之助は武家娘の心が分かったような顔をしている。文治郎が戯《おど》けた鼻声でいった。

「私たちだって同じ女だもん、町の女子みたいに踊りたいわん」

龍之介たちはどっと笑った。

武家娘は町家の娘と違い、会津武士道に準じたしきたりに基づいて暮らしていた。

将来の武士の妻にふさわしく、常に女は凜としておらねばならない。凜として生きる。それが、会津の女子としての何よりの心構えであった。

だから、武家娘は町家の娘のように、贅沢《ぜいたく》で華やかな着物を着たりは出来ない。まして廓《くるわ》の遊女のような色っぽくて佳麗《かれい》な着物を着て、男の気をそそるような仕草や言葉遣いをするなどもってのほかだった。

踊りについても、格式高い舞踊ならともかくも、野外の観衆が見ている前で、大勢で盆踊りをするなど、武家娘のすることではない。盆踊りの輪の中には女ばかりか、男の踊り手もいる。女が男と一緒に踊るとは、とんでもなく、はしたないことだとされていた。

だが、そうしたしきたりは、長い年月の間に、次第に時代に合わなくなり、建前となっていた。江戸の贅沢で華美《かび》な暮らしぶりや、江戸で流行したものが、地方にも流れ込み、武家社会の綱紀《こうき》の緩《ゆる》みは、江戸幕府だけでなく、地方の藩にも伝播《でんぱ》していった。会津藩とて、そういう世相に無縁ではいられなかった。

武家社会の建前の息苦しさに、若者たちは反抗の声を上げようとしていた。そうした反抗の動きは、武家社会の下にあって、虐《しいた》げられている百姓町人たちのなかにも胎《たい》動《どう》していた。

武家の男たちも、武家の女同様、内心、身分制度や武家のしきたりに疑問を持ち、もっと自由に生きたいという気持ちを抱《いだ》きはじめていた。だから、そうした男たちは武家の女たちの思いも分からないではなかった。

周囲を薄暮《はくぼ》が覆いはじめた。印絆纏姿の男たちが、火を熾《おこ》し、薪に火を点けた。火の手が上がり、薪はめらめらと燃え上がりはじめ、次第に炎が大きくなっていく。燃え上がる炎を勢いづかせるように、太鼓は叩かれ、笛が鳴り、会津音頭が唄い上げられる。

龍之介は鳥居付近の人混みに見覚えのある顔が揃っているのに気付いた。

「おい、見ろよ。一乗寺らが来ているぞ」

文治郎も気付いたのか、龍之介に囁いた。

一乗寺恒之介を囲むようにして、小原泰助《おばらたいすけ》や内藤仁也《ないとうじんや》、梁瀬保衛門《やなせやすえもん》の面々が、踊りの輪を見物していた。いずれも黒紐組《くろひもぐみ》の上士の息子たちだ。全員、裃《かみしも》こそ着けていないが、普段と変わらぬ羽織袴姿で、腰には大小を差していた。

「あっちは、北原たちじゃあないか」

権之助が鳥居とは反対側の社殿を指差した。社殿の前に、北原従太郎が腕組みをし、やはり踊りの輪を眺めていた。北原従太郎と並んで、佐々木元五郎や梶原由之助《かじわらよしのすけ》といった取り巻きたちが立っている。

北原派は、一時、勢力を失ったが、最近、また勢力を盛り返していた。父親の家老北原嘉門が一乗寺常勝の失政に乗じて、藩内でまた力を盛り返したおかげだった。

北原たちは道場の稽古着姿だった。腰には脇差しを差し、手に木刀や竹刀を携えていた。

明仁が小声でいった。

「まさか、北原さんたちは、ここで誰かと喧嘩をするつもりなんですかね?」

「喧嘩あ? それはおもしれえ」

九三郎が浴衣の腕を捲《まく》った。権之助がきいた。

「北原派と一乗寺派が、ここで喧嘩をするというのか? なにも、盆踊りの夜に、ここでやることでもあるまい」

「何かここで喧嘩をする原因はあるのか?」

「いや。何もなかったと思う。日新館内で最近、両派が争う火種になるようなことは何もなかったと思う」

明仁が頭を左右に振った。

龍之介に対する嫌がらせも、水練水馬池で、危うく龍之介が溺れ死に兼ねなかった事件があって以来、なくなっていた。龍之介といういじめの対象がなくなって、両派とも、このところ妙に大人しくなっている。

「やつらも、お盆休みとあって、ここに遊びがてら、盆踊りを見物に来ているのだろう」

龍之介は笑いながらいった。

陽が落ちたらしく、あたりは急速に薄暮に包まれ出した。

ぞろぞろっと赤い祭り半纏の男たちが龍之介たちの前に現われた。

「おい、お兄さんたちよ」

法被を乱暴に羽織った頭《かしら》らしい男が龍之介に声をかけ、じろりと目を剝いた。

ほかの法被姿の男たちは、権之助、九三郎、文治郎、明仁を取り囲み、凄んでいた。

権之助や九三郎、文治郎は喧嘩を売られると思い、両手で柔術の構えをしていた。

素手《すで》でも、闘う術は身に付けている。

龍之介が権之助たちを手で制した。

「何か、話があるのか？」

「おめえさんたち、日新館の生徒だな」

「そうだが」

「まさか、おれたちのシマで、何かやらかそうってんじゃないだろうな」

「それがしたちは、盆踊りを見に来ているだけだ」

「ふん」法被姿たちは顔を見合わせて笑った。

「見に来て何が悪い？」

権之助が龍之介の前に歩み出た。法被姿の男たちは気色《けしき》ばんだ。

九三郎と文治郎も、不意の攻撃に備えて、身構えている。

龍之介が手で権之助を止めた。

「待て待て。おれたちは喧嘩をしに来たんじゃない。まずは、おぬしら、名を名乗れ。それがしは望月龍之介だ」

「望月……だと？」

法被姿の頭《かしら》は、一瞬怪訝な顔をした。だが、すぐに龍之介に顔を向けて睨んだ。

「あっしは、この祭りを仕切っている会津掬水組《きくすいぐみ》の首代鮫吉《くびだいさめきち》だ」

「首代の鮫吉さんか、何か話があるのだろう？　話を聞こう」

首代鮫吉は薄ら笑いを浮かべた。

「おめえさんたちに、警告に来たんだ。あっしらのシマで、おれたちの娘っこに変なちょっかいを出すなよ、とな」

「ははは。そんなことか」

龍之介は、みんなと顔を見合わせた。

「分かった。おぬしたちの娘っこに手を出すつもりはない」

「日新館の連中は信用できんからな。真面目な顔をして、結構、悪さをしやがる。甘いことをいって、町娘をたぶらかすような真似はするなよ」

「分かった」

龍之介は、目の前を伸び伸びと笑顔で踊る町家の娘たちに見惚《みほ》れた。堅苦しい武家の娘たちに比べて生き生きしている。

文治郎や権之助たちも目をきらきらさせて呻《うめ》くようにいった。

「しかし、正直いって町娘は美人が多いな」

「ほんとうだ」「可愛いな」

九三郎と権之助、明仁も同調した。

鮫吉がにやにや笑った。

「見るだけにしておけよ。下手に手を出すと、おれたちが許さない。血を見ることになる。会津の男は、サムライに限らず、みな血の気が多いからな」

「それがしたちは、これこの通り、丸腰だ。刀も持っていない。喧嘩はしない」

町奴《まちやっこ》はにやっと笑った。

「おめえさんたちは、サムライでも話が分かりそうだ。同じ日新館生でも偉そうにふんぞり返《けえ》っているやつがいるが、おまえら、だいぶ違うな」

町奴は顎をしゃくり、社殿の前にいる北原従太郎たちと、鳥居の方に屯《たむろ》している一乗寺恒之介たちを顎で指した。

「それがしは今年亡くなった肉親兄弟を偲《しの》んで、盆踊りに来ている」

「そうかい。身内の誰かを亡くしたのかい」

「父上と兄上だ」

「それは、ご愁傷様《しゅうしょうさま》だったな。ま、盆踊りで、御霊《みたま》を慰めてやんな。邪魔したな」

鮫吉は町奴の仲間たちに行くぞと顎をしゃくった。町奴の若衆たちは、肩を怒らせ、群がって引き揚げて行く。

引き揚げかけて、鮫吉がふと立ち止まり、振り返った。

「さっき、おサムライは、望月龍之介とか名乗ったな。亡くなった兄さんというのは、もしかして、江戸で死んだ望月真之助さんのことかい？」

龍之介は驚いた。

「そうだ。どうして、おぬしは兄上のことを知っておるのだ？」

鮫吉は頭を掻いた。

「……ちとわけありでな。真之助さんには、いろいろお世話になった。そうか、あんたは真之助さんの舎弟《しゃてい》だったのか。本当に真之助さんはお気の毒だった」

龍之介は鮫吉に顔を向けた。

「鮫吉さん、兄上の身に何があったのか、教えてくれぬか」

「あっしは、そんなに事情を知っているわけじゃねえ。ただ、いろんな噂を聞いただけでやす。現場で、直接あっしが見たことじゃねえ」

「それでもいい。兄上が乱心なさる前、どんなだったか、知りたいだけだ」

「首代、首代」

手下の法被姿の男が駆け戻った。

「なんでえ、うるせえな」

駆け戻った手下は鮫吉に耳打ちした。

「しょうがねえなあ。世話を焼かせやがって。分かった、すぐ行く」

鮫吉は振り向き、龍之介に目礼した。

「あっしは江戸から戻ったばっかでやして。真之助さんの葬儀に駆け付けることができなかった。申し訳ない。あらためて、お墓参りし、仏壇にお線香を上げさせてもらいやす。そん時に、お話ししやしょう」

「首代、早く」

手下の男が、鮫吉を急がせた。

「るせいな。いま行く。じゃあ、御免なすって」

鮫吉は龍之介に頭を下げると踵《きびす》を返し、手下たちと急いで走り去った。

龍之介は、鮫吉に会えたのは、きっと新盆で戻って来た兄真之助の計らいだと思った。

龍之介は、権之助たちのところに近寄った。文治郎が憮然としていた。

「あいつら、何だっていうんだ？　おれたちは何もしていないのに」

権之助が文治郎を宥《なだ》めた。

「あいつらは、ここの地回りだ。ああやって、盆踊りの周囲を見回って、酔っ払いや怪しい男がいたら声をかける。祭りの用心棒みたいなものだ」

「てえと、おれたちは、不審者ってわけか」

九三郎が顔をしかめた。明仁が笑った。

「髷《まげ》や格好はサムライで町人ではない。彼らからすると、やはり、気になったのだろう。怪しい連中だと思ったんじゃないか」

権之助が笑った。

「いえてる。文治郎や九三郎が踊る女子を見る目付きは、いかにも怪しい。それがしが見廻り組だったら、やはり文治郎や九三郎に目を付けておくな」

「何をいうか、おれよりも、権之助の方が、どう見ても女たらしに見えるぞ」

文治郎が声を荒らげた。

目の前で踊っている女が、文治郎にちらりと流し目し、にこっと笑った。

「文治郎、ほら、おまえを見て、あの女子が笑っているぞ」

権之助が笑いながら、踊る女に手を振った。女も踊りながら、ちらりと目線を権之助に返した。

「おう、いいのう」

権之助は喜んで、文治郎の背を叩いた。

文治郎は唸った。

「ほんとに美人ばかりだなあ」

「ふたりとも、にやにやにさがってみっともねえぞ。なあ、龍之介」

九三郎は龍之介の顔を見た。

「龍之介、どうして、ぼんやりしているんだ？」

「いや、なんでもない」

龍之介は我に返った。いましがた、見物客の中に仲睦《なかむつ》まじい武家の夫婦を見て、真之助と結姫の二人を思い出していたのだ。

去年の盆踊りには、真之助は許婚《いいなずけ》の結姫を連れて見に来ていた。よそ目に見ても仲睦まじい二人だった。

結姫は一乗寺常勝の娘で、恒之介は弟にあたる。もし、真之助が生きていて、順当に結姫と祝言《しゅうげん》を上げていたら、と思うと、いったい、どうして兄は乱心し、人を殺《あや》めてしまったのか、と思うのだった。

思慮深い真之助のことだ。ただ乱心し、人を殺そうとするはずがない。まして相手は結姫の叔父にあたる一乗寺昌輔だ。昌輔にからんで、よほど許せない事情があったに違いない。

真相を知るには、江戸へ行かねばならないと思っていた。だが、江戸に行かずとも、鮫吉のように江戸から帰って来た男たちに当たって、事情を聞く手があった。どうして、そんなことに気付かなかったのだ？

龍之介は己れの間抜けさ加減に呆れた。

地震で倒壊した江戸上屋敷と中屋敷の再建普請工事には、会津から普請組の役人をはじめ、大勢の大工や鳶職など職人が派遣された。そろそろ、そうした人たちが帰国している。その人たちの中に、真之助の死の真相を知っている人物がいるかも知れない。

龍之介は身近に、江戸から帰った藩士はいないか、とあれこれ頭を巡らした。

「おい、龍之介。あれは什長《じゅうちょう》と小次郎《こじろう》じゃないか」

明仁の声が龍之介を我に返した。

「おう、そうだ、外島《とじま》さんと小嵐《こあらし》だ」

権之助たちも騒ぎ、鳥居の方角に手を上げて振った。

什長の外島遼兵衛《りょうべえ》が、什仲間の小嵐小四郎《こしろう》と一緒に一乗寺恒之介たちに挨拶をしていた。その後、外島遼兵衛は小嵐小四郎に何かいわれ、龍之介たちに顔を向けると手を上げた。一乗寺恒之介も龍之介たちに気付いたが、すぐに顔を背《そむ》け、取り巻きたちと話し込んだ。

外島遼兵衛と小嵐小四郎は見物客たちの後ろを回り、こちらにやって来る。

外島遼兵衛は龍之介たちよりも一つ年上で、什長として、よく什をまとめた。龍之介たちは誰もが外島遼兵衛を尊敬し、日新館に入った後も、遼兵衛を什長と呼ぶのをやめなかった。

外島遼兵衛は龍之介たちのところに来ると、うれしそうに笑った。

「みんな、顔を揃えていたか」

「しかし、什長は、やはりきちんとした格好をしてますね」

龍之介は自分の浴衣姿を恥じていった。

権之助たちもみな浴衣なので、ばつが悪そうに笑った。

外島遼兵衛は小袖に袴姿だった。腰には大小の刀を差していた。小嵐小四郎も同様に袴姿で脇差しを一本差している。

サムライはいかなる時もサムライらしくあるべし。

外島は龍之介たちの浴衣姿を見回し、目を細めた。

「盆踊りの時くらいは、肩肘《かたひじ》を張る必要なしだ。おぬしたち、涼しそうだし、盆踊りらしくていいな。それがしも、家を出る時、浴衣で来ようと思ったが、つい、いつもの格好になってしまった」

外島は苦笑いしながらいった。

太鼓の音が一段と高くなった。唄い手も女から男に替わり、声も大きくなった。

夜の闇があたりに広がり、踊る人たちを包んでいく。焚火の炎が夜空に勢いよく燃え上がり、踊る女たちを一層艶やかに照らし上げる。眩《まばゆ》い明かりが踊る人影の陰影を強め、白い顔と浴衣姿を鮮やかに浮かび上がらせる。

会津音頭を唄う声、笛の音、太鼓の音に合わせ、暗がりの中を揺らめき蠢《うごめ》く群衆の影は、まるでこの世のものとは見えず、あの世に彷徨《さまよ》う亡者《もうじゃ》の群れのようにも見える。

龍之介は思わず身震いし、慌てて頭から追い出した。亡者たちの顔がにこやかに無心に踊る女たちの顔になった。

「龍之介、見たか」

傍らの小嵐が、龍之介にそっと囁いた。

「何を？」

小嵐は恥ずかしそうに、踊りの輪の一角を指差した。焚火の炎に照らされ、小嵐の頬は赤くなっている。知らぬ間に武家の娘たちも、踊りに加わりはじめていた。

「優美《ゆみ》さんが踊っている」

小嵐が指差した先には、町家の娘を見倣って、細い腕を優雅に動かして踊る浴衣姿の優美がいた。優美は踊りの列の中で、ひときわ艶やかだった。

優美は小嵐が密かに思いを寄せている娘だった。優美は上士の娘で、足軽組の小嵐小四郎にとっては身分違いの高嶺《たかね》の花だった。だから、小嵐小四郎が優美の姿を追う目は切なそうだった。

龍之介は小嵐の背を押した。

「行け、小次郎。盆踊りは無礼講《ぶれいこう》だ。身分の上下もなしだ。こんな時じゃないと、優美と一緒に踊れんぞ」

「でもなあ。腰に刀を差したままでは」

小嵐は顔を赤らめ、踊るか踊るまいかと逡巡した。

外島遼兵衛が手を出した。

「刀は拙者が預かろう」

「はあ。でも」

小嵐はもじもじしながら、脇差しを腰から抜いた。外島は小嵐の手から、強引に脇差しを取り上げた。

「早く行け。ぐずぐずしていると、ほかの男に盗られるぞ」

外島は笑いながら、小嵐の背を押し、踊りの輪に入れた。小嵐は龍之介に小声でいった。

「彩さんも踊っていますよ」

「どこに？」

「優美さんの少し後ろ」

龍之介は暗がりに目を凝らした。焚火の明かりに照らされて、見え隠れしている踊りの輪にちらりと彩の姿が見えた。やはり、法被姿の男に倣って踊っている。

ほんとだ。彩もいる。

龍之介は彩の綺麗な身振り手振り、足の運びに見惚れた。彩は優美に劣らず佳麗に踊っている。

小嵐が踊りながら、優美に歩み寄った。優美はすぐに小嵐を認め、自分の後ろに入れた。小嵐はぎごちなく、手や腕を振り、優美の踊りを真似て踊り出した。優美は優しく小嵐に踊りを教えている。

龍之介も権之助も、文治郎、九三郎、明仁も、羨ましげに小嵐が踊りはじめるのを眺めていた。

「おい、おまえたちも踊りに来たのだろう？　なんのために浴衣姿で来たのだ？　踊れ。おれに遠慮するな」

外島遼兵衛はにやにやし、龍之介たちをどやしつけた。

「よし。おれたちも踊ろうぜ」

権之助がいい、率先《そっせん》して近くの町家の娘たちの列に割り込んだ。権之助は前後の娘に愛想を振り撒いた。娘たちは権之助の強引な割り込みに一瞬たじろいだが、すぐに権之助を踊りの列に入れた。

「おれも」「権之助に負けてらんねえ」

文治郎も九三郎も明仁も、権之助に続いて踊りの輪に割り込んだ。輪の列は、三人を飲み込んでも、一時乱れるものの、また元のような踊りの列に戻る。

龍之介は、奈美を連れて来ればよかったな、と思った。奈美は彩や優美たちよりも、三つ四つ年下だが、一、二年も経てば、必ず彩や優美のような綺麗な娘になる。

龍之介も意を決し、手を振り、腕を動かし、踊りながら彩に近付いて行った。

「彩どの」

「龍之介様」

彩は龍之介を見て笑顔になった。

彩の周りには、若い男たちが何人か、踊りながら付きまとっていた。龍之介が現われると、男たちは一人去り、二人去りし、ついに三人目の男も、龍之介を憎々しげに睨みながら離れて行った。

「それがし、踊りは初めてです」

龍之介は彩の踊りを真似ながらいった。

「誰でもはじめは下手なもの。踊っているうちに自然に覚えてしまうものです。私に付いて踊って」

彩ははにかみながらも、龍之介に、手の振り、腕の振り、足捌きを身振りで教えた。

龍之介は、はじめこそ動きがぎごちなかったが、こつを覚えると、すぐさま彩に付いて踊れるようになった。

「初めてにしては、ほんとにお上手です」

「いや、まだまだ」

剣術でいえば、素振りや打ち込み稽古のようなものだと龍之介は思った。

太鼓の音や笛の音、会津音頭の唄声に合わせて無心に踊っているうちに、踊りの輪の列から、男と女がさりげなく抜け出し、手を取り合って、夜陰に姿を消して行くのに、龍之介は気付いた。

踊りの輪が、燃え盛る焚火から離れ、櫓の陰に差しかかった。暗がりの中で、彩は踊りをゆっくりと止め、そっと龍之介の手を握った。

彩は目で私たちもここから抜け出ましょうと誘っていた。

龍之介は胸が高鳴った。彩の手を握り返した。彩は焚火の明かりに頰を赤く染め、羞《は》ずかしそうにうつむいた。

太鼓の音は続いていた。唄い手も朗々と会津音頭を唄い上げている。

ここから抜け出すか、抜け出さないか。

龍之介は逡巡した。抜け出して、どこか静かなところで、彩を抱きしめたい。

「喧嘩だ」「喧嘩だ」

あちらこちらで叫び声が上がった。

社殿の方角で怒声が飛んだ。周囲の見物客たちの間から、ばらばらっと祭り袢纏の若い者たちが現われ、社殿に駆けて行く。

社殿の前で、法被姿の群れと稽古着姿の北原たちが揉めていた。

「いかん、喧嘩だ」

笛の音、太鼓の音は止まり、唄声も途中で止んでいた。櫓の上の法被姿の若い者たちが、社殿の方を見ていた。踊りの輪も止まり、ざわめきが広がりはじめていた。

龍之介は彩の手を離した。

彩の顔が曇った。知らないと顔を背《そむ》けた。

「御免。止めに行かねばならん」

龍之介は彩に謝り、踊りの輪から抜け出した。

北原たちは十数人しかいない。その周囲を百人ほどの祭り袢纏の若い者たちが取り囲み、刺叉《さすまた》や鳶口《とびぐち》、杖を構えている。喧嘩になったら、多勢に無勢、北原たちは袋叩きになる。

一乗寺恒之介たちは、目の前で同じ日新館生の北原たちが祭り袢纏の群衆に襲われるのを黙っては見ていないだろう。

一乗寺たち十数人が北原たちに加勢しようとしたら、さらに喧嘩は大規模な争いになり、収拾がつかないものになる。きっと死者も出る。盆踊りに集まった人々も喧嘩に巻き込まれる。踊りの輪には、子どもたちも大勢参加している。

まずい。

喧嘩はまず火種を消すのが先決だ。火がついても、炎が大きくなる前に、水をかけて消す。双方に大勢の怪我人が出た後では遅いのだ。

「その喧嘩、待て待て!」

龍之介は叫びながら駆け出した。

「龍之介、行くな。かかわるな」

外島遼兵衛の声が龍之介の背に飛んだ。

龍之介は構わず、社殿の前で睨み合う稽古着姿の北原たちと、それを二重三重に囲む法被姿の群れの間に分け入った。北原たちは、周りを揃いの祭り袢纏の群に取り囲まれ、浮き足だっていた。全員、刀を抜き、針ねずみのように刀を構えている。

「女たらしのへっぽこ侍」

「帰れ帰れ。芋侍」

「ここから出て行きやがれ」

「おい、若造、あっしら会津掬水組を舐《な》めるなよ」

「たとえ、藩執政のこせがれでも、やってはなんねえことはやっちゃあなんねえんだ」

法被姿の若い者たちは、口々に北原たちに罵声《ばせい》を浴びせていた。

「待て待て。双方とも待て」

龍之介は怒鳴りながら、北原たちと法被姿の若い者たちの間に立った。

北原は飛び込んで来た龍之介を見て、一瞬ほっとした顔になった。だが、北原は怒鳴った。

「望月、どけ。邪魔するな」

隣で刀を構えた佐々木元五郎も怒鳴るようにいった。

「龍之介、加勢はいらぬ。そこをどけ。邪魔するな」

法被姿の群衆を率いていたのは鮫吉だった。

「なんでえ、望月龍之介さん、あんたも、こいつらとぐるなんだな」

「違う。それがしは、加勢に来たんじゃない。喧嘩を止めに来たんだ」

龍之介は声を張り上げて続けた。

「何があったのか分からぬが、まずは北原殿も、首代鮫吉さんも矛《ほこ》を収めてくれ」

北原一派も町奴たちも、龍之介の登場で、一瞬喧嘩の気勢を削がれていた。

権之助や文治郎、九三郎、明仁たちも、遅ればせながら駆け付け、龍之介の周りに集まった。

龍之介は尋ねた。

「首代。いったい、何があったのだ？」

「こいつら、あっしらのシマで、町家の娘っこに声をかけ、たぶらかそうとしやがったんだ。あまつさえ、何人かを拉致《らち》しやがった」

龍之介は、北原に向いた。

「それは本当ですか」

北原従太郎は激昂《げっこう》した。

「何をいうか、でたらめだ。望月、おぬしは、こやつらの味方か」

「首代のいうことが正しかったら、それがし、首代たちの味方になりましょう。北原さん、ほんとに女子たちをたぶらかし、拉致なさったのですか」

「そんなことはしておらん」

北原は大声でいった。鮫吉が薄ら笑いを浮かべていった。

「じゃあ、おめえさんの手下たちが、後ろの暗がりに連れて行こうとしている女子たちは、いったい、何なんだ?」

北原はきっと佐々木元五郎を振り向いた。

「佐々木、どういうことだ?」

佐々木はやや慌てた様子で答えた。

「由之助らが何人か女子たちを口説《くど》いたようです。だが、女子たちも合意の上で踊りをやめて抜け出したんで、拉致したわけではありません」

「聞いたか、首代。盆踊りは昔から、男と女の回合《かいごう》の機会にもなっている。あまり他人の恋路を邪魔するな」

北原は勝ち誇った顔でいった。

鮫吉は静かに反論した。

「では、おサムライ、娘たちが合意した上で、踊りの輪から抜け出したかどうか、本人たちに確かめても、よござんすね」

「ああ、いいだろう。いくらでも聞くがいい」

と、北原はいった。佐々木が北原に寄り耳打ちした。

「なんだと」

北原は渋い顔をした。

梶原由之助が佐々木と、こそこそと何事か話し合っている。佐々木がまた北原に小声で囁いた。

何か、まずいことが起こったのだな、と龍之介は思った。

龍之介は咄嗟に手を上げていった。

「北原殿、鮫吉さん、この喧嘩、それがしが仲裁《ちゅうさい》いたす。双方とも、それがしに何もいわずに、喧嘩の始末を預けてくれぬか？」

「なにい？　おぬしに喧嘩の始末を預けろだと」

北原は佐々木と顔を見合わせた。

祭りの印袢纏を着た若い者たちは、やっちまえ、と叫んでいた。

龍之介は鮫吉にいった。

「首代は、どうだ？　このまま北原たちと喧嘩をするかい。どっちが勝っても、遺恨は残り、以後、日新館生と会津掬水組とは犬猿の仲となる。それでもいいかい？」

鮫吉は訝った。

「どう喧嘩の始末をつけるというのだ？」

龍之介は、北原に向かっていった。

「北原殿は、合意で連れ出した女子たちを、何もいわずに首代側に返す」

龍之介は鮫吉を振り向いた。

「その代わり、首代側は北原側に手出しせずに、この場から立ち去らせる。そして、盆踊りを終わりまで続ける」

鮫吉はにやりと笑った。

「いいだろう。拉致した女子たちを全員返してくれれば、その条件を呑もう」

龍之介は北原を見た。

「どうだろう、北原殿は？」

北原は「ちょっと耳を貸せ」といった。

龍之介はうなずき、北原に近寄った。

北原が龍之介に囁いた。

「望月、弱ったことになったんだ」

「何事？」

「梶原たちが町家の女子たちを口説いて、裏の築山《つきやま》に連れ出したのだが、この喧嘩騒ぎが起こったので、女子たちは恐くなって逃げ出してしまった。だから、女子たちを返せといわれても返せないんだ」

「裏の築山って、まさか御射山《みさやま》ですか」

「うむ。そうなんだ」

「御射山は諏方神社の神聖な築山ですよ。注連縄《しめなわ》が張り巡らしてあって、人の立ち入りは禁じられている」

「だから、梶原たちは、誰も人は来ないと踏んだらしい」

龍之介は呆れた。築山の木立《こだち》は、ひっそりとしていて、たしかに逢引《あいび》きの場所としてはいいかも知れない。だが、そんなところで逢引きするのは罰当《ばちあ》たりだった。

「梶原の罰当たりたちは、その御射山に女子を連れ込んだんだ。それがしたちの迷惑も考えずにな」

「じゃあ、もう連れ込んだ女子はいないんですね」

「いない。みな、逃げた。みっともないが、それが事実だ」

「分かりました。信用しましょう。首代に、その話をします。いいですね」

「仕方ない。いってくれ」

龍之介はうなずき、今度は鮫吉の許に行った。北原の話を鮫吉に告げた。

「ほんとだな。罰当たりめが」

鮫吉は笑った。龍之介は北原を見ながらいった。

「それがしが保証します。彼らの許には女子は誰も残っていない」

「望月龍之介さん、あっしはあんたを信じよう。じゃあ、囲みを解《と》こう。やつらに危害は加えない。おとなしく出て行ってほしい」

「了解した」

鮫吉は、祭り袢纏を着込んだ若い者たちに大声で叫んだ。

「みんな、安心しろ。拉致された女子たちは家に逃げ帰った。したがって、こいつらも、無事帰す。みな、絶対に手を出すな。通してやれ」

「ちぇっ、つまんねえの」

「せっかく、サムライ相手の喧嘩ができると、腕が鳴っていたのによ」

祭りの印袢纏を着た若い者たちは、口々に不満をいった。だが、誰も首代の鮫吉の命令に従わない者はいなかった。

印袢纏の若い者たちが道を開けた。北原たちは、刀を腰に納め、鳥居の方角に歩き出した。それまで、なりゆきを見守っていた一乗寺たちは、冷ややかな目で北原従太郎たちを見つめていた。

再び、太鼓が打ち鳴らされ、笛の音が陽気な旋律を奏ではじめた。女の唄い手が、また会津音頭を朗々と唄いはじめた。

焚火に薪が放り込まれた。その度に火の粉が夜空に舞い上がった。

また踊りが始まった。浴衣姿の女たちが、優雅に踊り出した。

外島遼兵衛が龍之介に近寄っていった。

「お疲れさん。よくぞ、喧嘩を納めることができたな。それがしにはできんことだ」

「北原さんたちも、祭りを仕切っていた首代たちも、できれば喧嘩なんかやりたくなかった。互いに、退くきっかけがほしかった。それがしは、そのきっかけを作っただけです」

「そうだよな。戦や喧嘩は、みなやりたくないもんだ。ともあれ、今回はよかったよかった」

龍之介は、権之助たちがいないのに気付いた。踊りの輪に目をやると、小嵐をはじめ、権之助たちも、女子たちと一緒に踊っているのが見えた。

龍之介は、踊りの輪に目を凝《こ》らし、彩の姿を探した。彩は優美と並んで踊っていた。

ほっと安堵した時、龍之介は首筋に刺すように鋭い視線を感じた。誰かが見ている。

龍之介は、視線がくる方角に目をやった。その視線は大勢の見物客の中からきている。

龍之介は、目を凝らした。黒山の人だかりには、七、八人の人影があったが、判然としない。その視線が不意に消えた。

「どうした、龍之介」

隣に立った外島遼兵衛が不審そうにいった。

「誰かに見られているような気がした」

「男か、それとも女か」

外島遼兵衛はにやにやしている。

「すぐ消えてしまったので分からない。気のせいかも知れないが」

龍之介は視線の鋭さが、襟元にまだ残っているのを感じた。刺すような、悪意の籠もった視線だった。

二

陽はだいぶ西に傾き、あたりに薄暮が広がりはじめていた。

川岸の木立から、カナカナ蜩の鳴き声が響いていた。

龍之介は近くを流れる湯川《ゆがわ》の岸辺に立った。

湯川は会津城下を流れる小さな川で、いずれ、下れば阿賀川に合流する。阿賀川はやがて越後平野《えちごへいや》に抜けて日本海に流れ込む。

湯川の水面には、紙で作った灯籠《とうろう》が、いくつも、くっつき合いながら、遺族の思いを乗せて漂《ただよ》い流れて行く。

小川の両岸には、灯籠流しに来た人々が佇《たたず》み、静かに祈りを捧げていた。いずれの灯籠にも小さな明かりが点《とも》り、小波に揺らめいていた。

あたりは次第に暮れ泥《なず》んでいく。それとともに、無数の灯籠の明かりは川面に映《は》えて、この世のものとは思えぬ光の世界を創っていた。

祖母、母、姉は、それぞれ手にした紙の灯籠を、水面に浮かべた。祖父望月玄馬、新盆の父牧之介、兄真之助の三つの灯籠は、揺らめきながら、流れに乗って行く。

母たちは岸辺にしゃがみ込み、川面に浮かぶ三つの灯籠に手を合わせて拝んだ。

龍之介も、三つの灯籠に合掌し、三人の御霊をお見送りした。心の中に、むらむらと怒りと哀しみの入り混じった思いが燃え上がった。きっときっと望月家を再興いたします。天上から見ていてください。

祖母のおことは祖父の灯籠に、ぶつぶつと何事かを語りかけていた。

理恵と加世は、しばらく手を合わせていたが、やがてさっぱりした顔で立ち上がった。

「さ、お祖父《じい》様も旦那様も、真之助も無事送りました。これからは、私たちがしっかりしなくてはね」

「龍之介、今夜は打ち上げ花火でしょ。場所は取った?」

加世は笑みを浮かべて龍之介にきいた。

「さきほど作平爺と一緒に河川敷へ出掛け、堤《つつみ》の上のいい場所を押さえた。場所取りで河川敷は結構、込み合っていて、いい所はほとんど押さえられていたから、土手の上に取れたのは幸運だった」

龍之介は話しながら、母と姉がうわの空で、自分の後ろを見ているのに気付いた。振り向くと、楚々とした着物姿の一乗寺結が、しょんぼりと立っていた。

結は、祖母と母、姉に深々と頭を下げた。

「お祖母さま、お母さま、申し訳ございません。盂蘭盆《うらぼん》に入ったのに、お家をお訪ねもせず、真之助様の御霊をお迎えもせずにいて。ようやく家を抜け出し、せめて灯籠流しで真之助様をお見送りしようと……」

結はしどろもどろの涙声だった。

祖母のおことが立ち上がり、結を詰《なじ》った。

「なんですか、あなたは。真之助の嫁ともあろう人が、夫の御霊を出迎えもせず、送り火の日になって、のこのことやって来て……」

理恵は祖母の肩を優しく抱いた。

「お母様、結さんは、お家の人の目を盗んで御出でになられたのですよ。責めないでください。それに結さんは結納を交わしましたけど、正式に真之助と祝言《しゅうげん》を上げたわけではありません」

「申し訳ございません。私……」

結は声を詰まらせた。加世が結に寄り添い、肩を抱いた。

「結さん、ご覧なさい。真之助の灯籠が、あなたに別れを告げてますよ」

加世は結の肩を川面に向けた。

「ほら、あの灯籠」

たくさんの灯籠が川をゆっくりと流れ下っていた。そのうち、三つ連なっていた望月家の灯籠の一つが、流れに逆らってくるりと向きを変え、川の半ばで揺蕩《たゆた》っていた。そのまま流れて行くのを嫌がるように。

「真之助さま」

結の掠《かす》れた声が聞こえた。

龍之介は不意に胸に熱いものが込み上げてくるのを感じた。

祖母も母も黙して流れ去る灯籠を見送っていた。姉は嗚咽《おえつ》する結の肩に、そっと手をかけ撫でていた。

カナカナ蟬の声が一段と高くなった。

「龍之介さん」

後ろから男の声が聞こえた。龍之介は込み上げてくる思いを飲み込み、振り向いた。

頭領《とうりょう》の印が付いた作務衣《さむえ》姿の鮫吉が流れ去る灯籠に手を合わせていた。

「間に合ってよかった」

鮫吉は拝み終わると、龍之介に頭を下げた。

「御仏前にお線香を上げさせていただこうと、お宅をお訪ねしたら、若党様から、こちらでお見送りなさっておられるとお聞きし、急いで駆け付けた次第です」

鮫吉の後ろに、若党の長谷忠ヱ門が立ち、流れ去る灯籠に手を合わせていた。

「お見送りに間に合ってよござんした。あちらの世に行っても、これでいくぶんか言い訳が立つというもんでやす」

鮫吉は腰を低くし、引き揚げて行く母や祖母たち一人ひとりに会釈《えしゃく》した。

いきなり、天空で花火の音が響いた。

今夜、予定通り、打ち上げ花火を行なうという予告の花火だった。

「鮫吉さん」

鮫吉は笑いながらいった。

「鮫吉と呼び捨てにしてください」

龍之介はうなずいた。

「鮫吉、兄上にいったい何があったのか、教えてくれぬか」

「前にもいいましたが、あっしは直接、その場にいたわけじゃあねえんで。ただ、真之助様には、お世話になったことがあって、それで、いったい、何があったのかと、ちょっと中間《ちゆうげん》仲間に聞き回ったんです。そうしたら、少し経って、江戸家老から事件のこと、一切口外《いつさいこうがい》無用、噂をするのも厳禁だという御触れが出たんです。だから、妙な話だな、とあっしら不思議に思ってましてね」

「おぬしが聞き込んだというのは、どういう話だ？」

「とんでもないことに若年寄様が、不正蓄財《ちくざい》し、私腹を肥やしているっていうんです。それを知った真之助さんは若年寄様を問い詰めようとしたが、けんもほろろに扱われ、怒った真之助さんは、ならぬものはならぬことと抜刀して斬り付けたというのです」

「若年寄は何を不正蓄財したというのだ？」

「噂では、藩は江戸再建に必要な木材を売りまくり、ぼろ儲けしたってえんです。なんせ、江戸では木材の値段がうなぎ登りでしてね。特に会津杉は丈夫で強いと評判がよくて、飛ぶように売れた。幕府はもちろん、各藩が目の色を変えて木材を買い求めた。若年寄様は、その木材の一部を横流ししたっていうんです。これはあくまで噂でして、確たる証拠があるわけじゃねえんですが」

「兄上は、それに怒ったというのか」

「あっしが聞き込んだ話ではそうでやす」

「兄上は、何か若年寄の不正蓄財の証拠を摑んだというのだろうか？」

「そうじゃねえんですかねえ。中間仲間の間では、そういう話になっていたんですが」

「かたじけない。なんとなく事情が見えてきた。おぬし以外に、こちらに戻って来ている藩士か中間で、詳しく事情を知っていそうな人はおらぬか？」

鮫吉は考え込んだ。

「当時、若年寄様を守ろうとして、真之助さんに斬られて、かなりの怪我をした小姓組の方が、会津に戻っているはずですよ。怪我の療養のためもあって」

「何という名の藩士だ？」

「筧《かけい》とかいう名だったと思ったですがね」

「筧ねえ」

日新館道場で、その苗字《みようじ》は聞いたことがあるような気もする。藩主や藩執政を守る小姓組に入るには、剣の腕前がないと難しい。龍之介は頭の中で筧という藩士を探ったが、すぐには思い付かなかった。

「龍之介さん、では、あっしはこれで。これから打ち上げ花火の会場整理の仕事がありやすんで」

「鮫吉さん、かたじけない」

「鮫吉ですよ」

鮫吉はにやっと笑い、引き揚げて行った。

鮫吉は、お盆祭りを仕切る会津掬水組の首代として忙しい中を抜け出し、真之助の御霊を送りに来たのに違いない。

また天空で音だけの花火が上がった。まもなく打ち上げ花火が開始されるという予告の合図だった。

あたりはすっかり暗さが増し、夕闇に覆われていた。

龍之介は大槻弦之助との約束を思った。大槻家に御新造や奈美たちを迎えに行かねばならない。大槻弦之助は登城して家にはいないので、龍之介がおゆきと奈美たちを花火見物に連れ出すと約束していたのだ。

「忠ヱ門、母上たちを堤の席まで案内してくれぬか。作平爺が待っている」

若党の長谷忠ヱ門が控えていた。

「承知しました。で、若は?」

「それがしは、大槻様のご家族をお連れして、後から会場に参る」

龍之介は答えながら思った。とうとう、己れが若旦那と呼ばれる番になったのか。兄の真之助は生きている時、そう呼ばれていた。

「分かりました」

長谷忠ヱ門は静かに答えた。

星空にするすると小さな火の玉が駈け昇り、一瞬止まり、花火の大輪がぱっと広がった。やや遅れて、どーんという腹にこたえる大音響が轟く。

玉屋あー、鍵屋あー。

河川敷に集まった観客から拍手が上がり、掛け声が上がる。

龍之介は堤の上に広げられた茣蓙《ござ》に座り、次から次に打ち上げられる花火の大輪に見入っていた。

茣蓙には、望月家の祖母、母、姉が座り、結も加わっていた。さらに、大槻家の御新造おゆきが幼女幸を抱いて座っていた。その隣に娘の奈美が座って、空を見上げていた。

天空に駈け昇った花火があたりを昼間のように照らし上げた。

龍之介は、花火が花弁《かべん》を広げ、静かに闇に消えていくのを見上げながら、兄のことを考えていた。

真之助の正義感が強いということは、よく知っていた。だから、兄が若年寄の不正蓄財を知り、若年寄を諫《いさ》めようとしたのも分かる。だが、いくら若年寄が居直り、反省もせず、兄を斥《しりぞ》けたとしても、どうして兄は抜刀し、若年寄を斬ろうとしたのか。ほかに、手段はなかったのか？　そこに違和感を覚えるのだ。

若年寄の不正蓄財が分かったら、御上に直訴して正す方法もあろう。御上に直訴しにくかったら、在所の家老会議に若年寄を背任《はいにん》の科《とが》で告発する手もある。

なぜ、そうした合法《ごうほう》手段を使わずに、若年寄に斬りかかったのか。どうにも腑《ふ》に落ちない。小姓の筧 某《なにがし》が、どこまで事情を知っているのかは分からないが、噂や又聞きの鮫吉よりは、真相を知っているのではないのか。

そして、父上は、なぜ、自決なさったのか、これもまるで謎に満ちている。兄は、父上の遺骨を引き取るのを口実にして、江戸に行った。兄の乱心は、若年寄の不正蓄財ということよりも、父上の切腹に絡む何か他の理由があったからではあるまいか。事は、そう単純ではなさそうな気がしてならなかった。

あっという奈美の小さな声を聞いたような気がした。いつの間にか、奈美は龍之介の隣に座っていた。

「どうした？」

「流れ星」

「どこ？」

「天《あま》の川のあたり」

「願いごといった？」

「どんな願い？」

奈美の顔の影がこっくりとうなずいた。

「いわない」

「どうして？」

「いえば願いは叶わなくなるって、母さんがいっていた」

奈美が暗がりの中で微笑むのを感じた。

龍之介は奈美の影に目をやった。

突然、天空に大輪の花が何輪も咲いた。続け様に、次から次に花火の花は重なり合い、花開く。大音響が連続して大地を震わせ、耳を劈《つんざ》いた。

龍之介は呆然として、夜空に咲き乱れる花火の大輪、小輪に見入った。

父と兄が天空に昇って行くのを感じた。

龍之介は心の中で、父と兄の冥福を祈った。

花火の花は、幾重にも炸裂《さくれつ》し、散乱し、音もなく宙に消えていく。

魂が躍動し、飛翔《ひしょう》する。永遠の光が輝き、愛《いと》しさと優しさに満ちた世界が目の前にある。

龍之介は思わず隣に座った奈美に目を向けた。

奈美は両耳に手をあて、軀を硬くして、空を見上げていた。花火の明かりがあたりを照らし上げた。

龍之介は奈美の横顔に見惚れた。奈美が龍之介の視線に気付いて龍之介に顔を向けた。

広い額にすっと伸びた鼻筋に、形のいい花弁のような上下の唇。理知的な大きな黒い瞳が、まばたきもせず、じっと龍之介にあてられていた。龍之介は奈美の瞳に吸い寄せられるように見入った。

愛しい。

花火は不意に終わった。明かりが消えて、あたりは暗がりに閉ざされた。だが、奈美の白い顔や光った瞳の残像が、龍之介の目に焼き付いていた。

河川敷の観客たちから大きな喝采が起こった。玉屋あー、鍵屋あーの声が上がる。

龍之介は奈美に恐る恐る手を伸ばした。奈美の手が怖《お》ず怖《お》ずと龍之介の手を迎えた。

龍之介は奈美の細く華奢《きゃしゃ》な手をそっと握った。奈美が優しく握り返した。

「さあ、帰りましょう」

母たちの影がのっそりと立ち上がった。

龍之介は奈美の手を離した。奈美も手を引っ込めた。何事もなかったように。

「おゆきさんも奈美さんも、ぜひ、我が家に寄ってくつろいでくださいね」

「いいんですか？　私たちがお邪魔しても」

「もちろんです。大槻家は我が家にとって親戚みたいなものですからね」

理恵はにこやかにいった。

望月家があいつぐ不幸に見舞われた時、友人知人が次々に離れて行ったのに対して、大槻弦之助とその家族は、まるで親族か家族のように、何くれとなく手を差し伸べてくれた。

真之助の葬儀も手助けしてくれたのは、大槻弦之助と奈美だった。龍之介はもちろん、母理恵は、そのことで大槻家には深く恩義を感じていたのだ。

結が遠慮がちに何事かを理恵に囁いた。

理恵は笑いながらいった。

「結さん、あなたもよ。あなたは、私の娘みたいなもの。お家に帰りたくなかったら、私たちの家にしばらく居なさい。一乗寺家には、私から、しばらくあなたをお預かりします、といってあげるから」

理恵は龍之介に振り向いた。

「いいわね、龍之介。家長《かちょう》として答えなさい」

「はい。もちろんです。いてください。いまでも、それがしは結殿は兄嫁だと思っておりますから」

「ありがとうございます。でも、本当にいいのですか？　お母さまと御呼びしても」

「あなたは、私の娘みたいなもの。うちに居たいだけ居なさい。我が家は追い出したりしませんから」

「お言葉に甘えさせていただきます」

結はうれしそうにいった。理恵はみんなにいった。

「さあ、お家に帰って、みんなで最後の送り火をしましょう」

お盆のしめくくりに、玄関先に吊した絵柄のない白提灯《ちょうちん》や仏壇に供えた胡瓜《きゅうり》の精霊《しょう》
霊馬《りょうま》、茄子《なす》の精霊牛《うし》などを送り火で燃やすのだ。

龍之介は立ち上がった。奈美も立ち上がり、幼女のお幸を抱き上げた。

「みなさん、足元に気をつけてください」

長谷忠ヱ門が火を灯した提灯を掲げて、足元を照らした。

見物客たちの提灯の明かりが河川敷から土手にかけて、まるで螢《ほたる》が連なって飛び交っているかのように見えた。

三

龍之介はお盆が終わった後、大槻弦之助の武家長屋を訪ねた。

おゆきが温かく龍之介を迎えた。奈美の姿はなかった。奈美はどこかにお使いに出

ている様子だった。

大槻弦之助は傘張りをやめ、居間の畳の上に正座し、龍之介を迎えた。

「奥や二人の娘たちが、お盆の間、いろいろお世話になり、申し訳なかった。花火大会の帰りには、ご馳走にまでなったそうで。まことにかたじけない。心から感謝いたす」

大槻弦之助は龍之介に頭を下げた。

「とんでもないことでございます。久しぶりに大家族の生活に戻ったようで、それがしたちも楽しかったです」

「ならばうれしいが」

大槻弦之助は満足気にうなずいた。

「ところで、母理恵から、お願いがあります」

「なんでござろうか」

「奈美さんは、寺子屋で読み書き算盤《そろばん》を習われたとか」

「さよう。武家の娘の素養として、せめて読み書きぐらいは習っておかぬと、嫁として貰い手がないだろうからな」

「その後、奈美さんは、いかがなさるのですか？」

「奥に女中奉公にでも出そうかと思っている」

龍之介は、奈美を奥に上げて、見習い奉公させることに、あまり賛成できなかった。

「いま西郷様のお屋敷では優秀な子女を何人か集め、礼儀作法だけでなく、漢籍を読んだり、文を書かせたり、短歌を詠んだり、武芸を稽古したりしています」

「ほほう。西郷近思様が、女子のために、そのような私塾をお開きになったのか？」

「いえ。西郷近思様ではなく、奥方様や頼母様の奥方様です。会津の男子には、日新館があるが、会津の女子には、そうした学校がない。会津の女子の素養を身に付けさせるのは、母親です。しかし、母親一人だけでは、女子に素養を身に付けさせるには限界がある。そこで、女子専用の私塾を開き、女子の素養を高めようとなったのです」

「ほう。なるほどのう。女子専用の私塾のう」

「まだ私塾としても正式に藩からは認められた塾ではありません。あくまで私的なものといっていいでしょう」

「うむ。奈美をそこに通わせたらどうか、というのだな」

「はい」

大槻弦之助は、隣室で繕《つくろ》いものをしているおゆきにいった。

「奥、望月様から、いまのような話を聞いておるのか？」

「はい。お聞きしました」

「ゆきは、どう思う？」

「できれば、奈美は西郷様の屋敷に通わせたらいいのではないか、と私は思いました。それが、奈美のためになるかと」

おゆきは繕いものをする手を止めていった。

大槻弦之助は顔を曇らせた。

「月謝などは、いかほどなのだ？」

「奥様のお話では、そのようなお金はいらぬとのことでした」

「どうしてだ？」

「あくまで私的な習いごとで、月謝はいらないと申されてました」

「しかし、そうはいかぬだろう」

大槻弦之助はため息をついた。

「その代わり、掃除や洗濯、炊事などを奉公人と一緒に手伝ってもらうそうです」

「ふうむ」

大槻弦之助は腕組みをし、考え込んだ。

龍之介は恐る恐るいった。

「先生、奈美さんを西郷様のお屋敷に通わせてください。奥への奉公なんかよりも、ずっと多くのことが学べるはずです。奈美さんの幸せのためにも、ぜひ、お願いします」

大槻弦之助は驚いた顔で、龍之介の顔をまじまじと見つめた。

龍之介は、そういってしまってから、顔が熱くなるのを覚えた。まるで、奈美を許婚のように思っているかのように聞こえたかも知れない。

大槻弦之助は、微笑みながらいった。

「奥、では、西郷様をお訪ねして、奈美のことをお願いしてみるか。龍之介殿の推薦もあることだし」

「旦那様、きっと奈美は喜びますよ」

おゆきはうれしそうに笑った。龍之介も、内心で快哉《かいさい》を叫んでいた。

大槻弦之助は龍之介を阿賀川の石の河原に連れて行った。

川は一時も留まることなく、滔々《とうとう》と流れていた。頭上からは夏の太陽が容赦《ようしゃ》なく熱い陽射しを照射してくる。水音が騒めき、蟬の声もかき消す勢いだった。

「龍之介、今後の修行の道場は、こちらにする」

「はいッ」

龍之介は水音に負けないような大きな声で返事をした。

「支度をいたせ」

龍之介は、刀の下緒《さげお》を解き、素早く襷《たすき》掛けした。大槻弦之助も下緒で袖を絞り、襷掛けしている。

龍之介は、大小の石や岩がごろごろしている河原を見て、磐梯山中腹の賽の河原のガレ場を思い出していた。

「龍之介、この足場の悪さは天狗老師の修行を思い出すだろう」

「はい」

「まずは、おぬしの修行の程度を試させてもらう。よいな」

大槻は河原に転がっていた松の流木を指差した。龍之介は松の流木を持ち上げ、大きな石と石の間に渡して横木にした。松の流木は水を含んでおり、ずっしりと重い。木の皮は流れるうちに、石や岩に当たって剝け、白い木肌が剝き出しになっている。山中で打ち込みに使った横木よりも、はるかに手強《てごわ》そうだった。

大槻は木刀を手に、龍之介に命じた。

「打ち込め」

「はいッ」

龍之介は横木の前で、足場を確かめ、愛用の樫《かし》の木刀をしごいて、青眼に構えた。

飯盛山の山中での打ち込み千回の修行を思い出し、軽く木刀で素振りをした。

大槻は何もいわず、じっと龍之介の所作を見ていた。

龍之介は呼吸を整え、間合いを十分に取って、流木の横木をじっと睨んだ。

木刀を八相に構え直し、気を詰める。横木の一点に集中し、気を高めていく。木刀を持つ両手が痙攣《けいれん》を起こしたかのようにぶるぶると震えはじめた。

龍之介はいきなり駆け出して間合いを一気に詰め、宙に飛び上がった。地上に飛び下りると同時に、大上段に振りかざした木刀を横木に振り下ろした。木刀が流木の真芯《しん》に当たり、めりっという軋《きし》み音を立てた。だが、流木はへし折れることもなく、横たわっていた。

龍之介は飛び退き、木刀を下段に構えて残心した。

大槻は横木にした流木を取り上げた。流木は一見したところ折れていない。ただ、木刀で打ったところを中心にしてへし折れていた。

「うむ。いいだろう」

101-8405

書籍のご注文は84円
アンケートのみは63円
切手を貼ってください

東京都千代田区神田三崎町2-18-11

二見書房・時代小説係 行

ご住所 〒

TEL - - Eメール

フリガナ

お名前

(年令 才

※誤送を防止するためアパート・マンション名は詳しくご記入ください。

22.9

愛読者アンケート

1 お買い上げタイトル

(　　　　　　　　　　　　　　　　　　　　　　　　　　　　)

2 お買い求めの動機は？（複数回答可）

□ この著者のファンだった　□ 内容が面白そうだった

□ タイトルがよかった　□ 装丁（イラスト）がよかった

□ 広告を見た　　（新聞、雑誌名：　　　　　　　　　）

□ 紹介記事を見た（新聞、雑誌名：　　　　　　　　　）

□ 書店の店頭で　（書店名：　　　　　　　　　　　　）

3 ご職業

□ 会社員 □ 公務員 □ 学生 □ 主婦

□ 自由業 □ フリーター □ 無職 □ ご隠居

□ その他（　　　　　　　　　　　　　）

4 この本に対する評価は？

内容：□ 満足 □ やや満足 □ 普通 □ やや不満 □ 不満

定価：□ 満足 □ やや満足 □ 普通 □ やや不満 □ 不満

装丁：□ 満足 □ やや満足 □ 普通 □ やや不満 □ 不満

5 どんなジャンルの小説が読みたいですか？（複数回答可）

□ 江戸市井もの　□ 同心もの　□ 剣豪もの　□ 人情もの

□ 捕物　□ 股旅もの　□ 幕末もの　□ 伝奇もの

□ その他（　　　　　　　　　）

6 好きな作家は？（複数回答・他社作家回答可）

(　　　　　　　　　　　　　　　　　　　　　　　　　　　　)

7 時代小説文庫、本書の著者、当社に対するご意見、
ご感想、メッセージなどをお書きください。

ご協力ありがとうございました

↓ この線で切り

沖田 正午（おきだ・しょうご）

大江戸けったい長屋シリーズ
①ぬけ弁天の菊之助 ②無邪気な助っ人 ③背もたれ人情 ④ぬれぎぬ

大仕掛け 悪党狩りシリーズ
①如何様大名 ②黄金の屋形船 ③捨て身の大芝居

北町影同心シリーズ
①閻魔の女房 ②過去からの密命 ③挑まれた戦い ④目眩み万両
⑤もたれ攻め ⑥命の代償 ⑦影武者捜し ⑧天女と夜叉
⑨火焔の啖呵 ⑩青二才の意地

喜安 幸夫（きやす・ゆきお）

はぐれ同心 闇裁きシリーズ
①龍之助江戸草紙 ②隠れ刃 ③因果の棺桶
④老中の迷走 ⑤斬り込み ⑥槍突き無宿
⑦口封じ ⑧強請の代償 ⑨追われ者
⑩さむらい博徒 ⑪許せぬ所業 ⑫最後の戦い

見倒屋鬼助 事件控シリーズ
①朱鞘の大刀 ②隠れ岡っ引 ③濡れ衣晴らし
④百日髷の剣客 ⑤冴える木刀 ⑥身代喰逃げ屋

隠居右善 江戸を走るシリーズ
①つけ狙う女 ②妖かしの娘 ③騒ぎ屋始末
④女鍼師 竜尾 ⑤秘めた企み ⑥お玉ケ池の仇

倉阪 鬼一郎（くらさか・きいちろう）

幡 大介（ばん・だいすけ）

天下御免の信十郎シリーズ
①快刀乱麻 ②獅子奮迅 ③刀光剣影 ④豪刀一閃
⑤神算鬼謀 ⑥斬刃乱舞 ⑦空城騒然 ⑧疾風怒濤
⑨駿河騒乱

聖 龍人（ひじり・りゅうと）

夜逃げ若殿 捕物噺シリーズ
①夢千両すご腕始末 ②夢の手ほどき ③姫さま同心 ④妖かし始末
⑤姫は看板娘 ⑥贋若殿の怪 ⑦花瓶の仇討ち ⑧お化け指南
⑨笑う永代橋 ⑩悪魔の囁き ⑪牝狐の夏 ⑫提灯殺人事件
⑬華厳の刃 ⑭大泥棒の女 ⑮見えぬ敵 ⑯踊る千両桜

火の玉同心 極楽始末シリーズ
①木魚の駆け落ち

氷月 葵（ひづき・あおい）

神田のっぴき横丁シリーズ
①殿様の家出 ②慕われ奉行

婿殿は山同心シリーズ
①世直し隠し剣 ②首吊り志願 ③けんか大名

公事宿 裏始末シリーズ
①火車廻る ②気炎立つ ③濡れ衣奉行 ④孤月の剣
⑤追っ手討ち

御庭番の二代目シリーズ

→ この線で切り取ってください

↑ この線で

取ってください

←この線で切り取ってください

①将軍の跡継ぎ ②藩主の乱 ③上様の笠 ④首狙い
⑤老中の深謀 ⑥御落胤の槍 ⑦新しき将軍 ⑧十万石の新大名
⑨上に立つ者 ⑩上様の大英断 ⑪武士の一念 ⑫上意返し
⑬謀略の兆し ⑭裏仕掛け ⑮秘された布石 ⑯幻の将軍
⑰お世継ぎの座 ⑱刃の真相

藤木 桂(ふじき・かつら)

本丸 目付部屋シリーズ

①権威に媚びぬ十人 ②江戸城炎上 ③老中の矜持 ④遠国御用
⑤建白書 ⑥新任目付 ⑦武家の相続 ⑧幕臣の監察
⑨千石の誇り ⑩功罪の籤 ⑪幕臣の湯屋 ⑫武士の情け

藤 水名子(ふじ・みなこ)

古来稀なる大目付シリーズ

①まむしの末裔 ②偽りの貌 ③たわけ大名 ④行者と姫君
⑤猟鷹の眼 ⑥知られざる敵

与力・仏の重蔵シリーズ

①情けの剣 ②密偵がいる ③奉行闇討ち
④修羅の剣 ⑤鬼神の微笑

旗本三兄弟 事件帖シリーズ

①闇公方の影 ②徒目付 密命 ③六十万石の罠

隠密奉行 柘植長門守シリーズ

①松平定信の懐刀 ②将軍家の姫 ③大老の刺客 ④薬込役の刃
⑤藩主謀殺

火盗改「剣組」シ

①長屋の殿様 文史郎 ②狐憑きの女 ③赤い風花 ④乱れ髪 残心剣
⑤剣鬼往来 ⑥夜の武士 ⑦笑う傀儡 ⑧七人の刺客
⑨必殺、十文字剣 ⑩用心棒始末 ⑪疾れ、影法師 ⑫必殺迷宮剣
⑬賞金首始末 ⑭秘太刀 葛の葉 ⑮残月殺法剣 ⑯風の剣士
⑰刺客見習い ⑱秘剣 虎の尾 ⑲暗闇剣 白鷺 ⑳恩讐街道
㉑月影に消ゆ ㉒陽炎剣秘録 ㉓雪の別れ

北風侍 寒九郎シリーズ

①津軽宿命剣 ②秘剣枯れ葉返し ③北帰行 ④北の邪宗門
⑤木霊燃ゆ ⑥狼神の森 ⑦江戸の旋風 ⑧秋しぐれ

森 真沙子(もり・まさこ)

日本橋物語シリーズ

①蜻蛉屋お瑛 ②迷い蛍 ③まどい花 ④秘め事
⑤旅立ちの鐘 ⑥子別れ ⑦やらずの雨 ⑧お日柄もよく
⑨桜追い人 ⑩冬 螢

箱館奉行所始末シリーズ

①異人館の犯罪 ②小出大和守の秘命 ③密命狩り
④幕命奉らず ⑤海峡炎ゆ

時雨橋あじさい亭シリーズ

①千葉道場の鬼鉄 ②花と乱 ③朝敵まかり通る

柳橋ものがたりシリーズ

①船宿『篠屋』の綾 ②ちぎれ雲 ③渡りきれぬ橋 ④送り舟
⑤影燈籠 ⑥しぐれ迷い橋 ⑦春告げ鳥 ⑧夜明けの舟唄

ってください

大槻はにやりと笑い、いま一度流木を引きずり上げ、太い幹の部分を横木に渡した。

大槻は静かな構えで横木の前に立った。

龍之介は固唾《かたず》を呑みながら、大槻の構えを凝視《ぎょうし》した。

気合いもなく、一瞬、大槻の躯が横木に向かって進んだ。木刀は目にも止まらぬ速さで流木の幹に叩き込まれた。

びしっという木が呻く音が響いた。大槻の躯は横木を飛び越え、着地した。木刀を下段斜めに構え、残心していた。

龍之介は流木を見て、目を丸くした。流木の太い幹には縦に亀裂《きれつ》が入っていた。

思わず、横木に駆け寄り、亀裂を調べようとした。とたんに流木は亀裂のところで割れてふたつになった。

「二の太刀はない、といわれたろう。一撃必壊だ。相手は刀で受けようが、木刀で受けようが、無駄だ。相手は受けようがない。受けを破壊するのだ」

大槻は静かにいった。

「だが、これは真正会津一刀流だけの技ではない。同じ技は、薩摩《さつま》にもある」

「薩摩の示現流《じげんりゅう》ですか」

龍之介は日新館道場で指南役佐川官兵衛から示現流の恐ろしさを聞いていた。

「そうだ。示現流だ。示現流の相手と闘う時も、二の太刀はないと思え」

「はいッ」

返事をしたものの、将来、実際に示現流の相手と立ち合うとは、この時、毫《ごう》も思わなかった。

「龍之介、これから、ここでかかり稽古をやる。遠慮するな。どこからでも打ち込んでこい。それがしも遠慮なしに切り返す。追って来い。追って来なければ、それがしが追う。いいな」

大槻は、そういうなり、いきなり河原を跳び跳ねながら走り出した。

龍之介は木刀を手に提げ、大槻の後を追いはじめた。

荒地で跳び回るのは、磐梯山の天然道場以来だった。

半眼で大槻の動く姿を把握し、大槻の軀の咄嗟《とっさ》の動きを捉え、咄嗟の足捌《あしさば》きを見て、次の動きを察知して動く。

龍之介は大槻の動きにぴたりと合わせて動き、間合いを詰めるでも広げるでもなく、大槻を追い回した。

追い回していれば、相手は疲れて動きが鈍《にぶ》る。そこに打ち込みを入れる。

だが、相手が疲れる前に、こちらの方が疲れたら、立場は逆になる。追っているはずなのに、いつの間にか追われていることになる。

突然、大槻の足が止まった。しめた！　龍之介は、ここぞとばかりに木刀を大槻に打ち込んでいく。大槻はあっさりと龍之介の打ち込みを受け流し、またひらりと体《たい》を躱して飛ぶように走る。

まだ大槻は疲れていない。龍之介はややうんざりした。追う足が乱れ、立ち回りも不安定になる。

龍之介は追ううちに、次第に息が切れ、追う速度が落ちた。とたんに大槻は振り返り、木刀を燕《つばめ》返しに打ち込んでくる。

龍之介は辛うじて、切り返し、木刀を大槻に突き入れる。体《たい》を崩しての突きなので、木刀は泳ぎ、大槻は軽く木刀で叩き落とした。すぐにお返しのように鋭い突きを入れてくる。

龍之介は必死に避けるが、大槻の突きは容赦ない。龍之介は胸元を突かれ、河原のガレ場に崩れ落ちた。息が出来ない。龍之介が口をぱくぱくさせていると、大槻は龍之介に駆け戻り、襟元を摑むと、ぶん回して川に放り投げた。

龍之介は、川の中に飛び込んだ。浅瀬だったので、龍之介は腰をしたたかに打った。

龍之介は荒い呼吸をしながら、水に半身を浸けたまま、休んだ。

「龍之介、まだまだ、動きが鈍いな。あの程度の突きを躱せなければ、実戦では死ぬぞ」

大槻は優しく笑った。

龍之介は突きで受けた胸元を水で冷やしながら、唸るように訊いた。

「しかし、先生は、どうして、あんな風に跳び回れるのですか」

「蝶《ちょう》のように飛び、蜂《はち》のように刺す。それが、極意だ」

大槻はにやりと笑った。

「この言葉は、それがしの言葉でも、天狗老師の言葉でもないが」

「誰の言葉なのですか？」

「知らぬな。気になるなら、自分で誰かを捜せ。何事も、己れが動かなければ、道は開けない。さあ、そろそろ、起きろ。体が冷えたはずだ。痛みも薄れたろう」

大槻がいった通りだった。胸元の突きの痛みは和らいでいた。

龍之介は浅瀬に跳ね起きた。そこへ、大槻の木刀が打ち込まれた。

龍之介は木刀で受け、切り返して、大槻の面に打ち込んだ。大槻は軽く木刀で受け流し、浅瀬を水しぶきを上げて走り出した。

おもしろい。龍之介は、大槻の後を追って浅瀬を駆けた。水を撥ね上げて走るのは難しい。たちまち、全身が濡れる。水に濡れた袴や稽古着は、さらに重くなる。それでも我武者羅《がむしゃら》に駆けて追い、木刀を大槻に打ち込んだ。

大槻は右に左に水の中を跳び回る。疲れを知らぬ獣を追う思いがする。

龍之介はついに立ち止まり、ぜいぜいと呼吸をした。大槻は、にやにや笑いながら、大きな岩の上に立った。

「先生、まいりました。もう足がつって動けません」

大槻の軀が龍之介に向かってふわりと宙に飛んだ。ムササビを思わせるように。

龍之介は思わず木刀を両手で持ち、大槻が打ち込んでくる木刀を受け止めた。

びしっという木の折れる音が響き、龍之介が持った木刀が真っ二つに折れた。瞬間、龍之介は足で浅瀬の石を蹴って飛び退いた。

「ほうれ、動けないといったが、動けるではないか。自然体になっていたからだ。極意、その二、常に自然体を保《たも》て。自然体が相手の打突に、ちゃんと対応してくれる」

大槻は木刀を腰に戻した。

「今日は、このくらいにしておこう。明日から、夜明け前に、ここに来い。しばらく、足場の悪い河原で、足腰を鍛える。十日も通えば、自信がつく。どんな場でも闘えるようになる」

「はいッ。先生、ありがとうございました」

龍之介は、ふたつになった木刀の切れ端を両手に、半身を折って大槻に立礼した。

「うむ。ご苦労さん」

大槻も立礼で返した。

龍之介は、そのまま浅瀬で上半身裸になり、川の水を軀に掛けて水浴びした。

大槻も笑いながら、龍之介と同様上半身裸になり、手拭いで体を拭いはじめた。

「ところで、先生、小姓組にいる筧某《なにがし》という藩士をご存じありませんか？」

「筧？　下の名前は？」

「分からないのです。小姓組という以上、かなりの剣の腕前の持ち主だと思われます」

「なぜ、その男のことを知りたいのか？」

龍之介は、兄真之助が乱心して、若年寄一乗寺昌輔を斬ろうとして襲いかかった時、応戦した護衛の一人だといった。

真之助もかなりの腕前である。その真之助を誰が斬り倒したのかを知りたかった。

それには、真之助と戦い、手傷を負った小姓の一人筧某に訊くのが手っ取り早い。箝《かん》口令《こうれい》が敷かれており、誰もしゃべろうとしない中、筧某なら、何か口を滑らすかも知れない。

「日新館道場の上級者としても、それがしが出た後の門弟だろうな。それがしは知らぬな」

「そうですか。先生なら分かるかと思ったんですが」

「心当たりがある。調べておこう」

「お願いします」

龍之介は大槻に頭を下げた。

大槻弦之助に会い、龍之介は本当に幸せに思った。ここで大槻に鍛えられれば、選抜仕合いはもちろん、御前仕合いに勝ち残る自信がつく。

鐘楼《しょうろう》の鐘の音が響いてきた。昼を告げる鐘の音だ。龍之介は空腹で腹の虫が騒ぐのを抑えることが出来なかった。

四

「望月、本日の選抜仕合いに出ろ」

龍之介は日新館道場で、かかり稽古をしている時、突然に伴康介師範から指名された。

「はいッ」

龍之介は稽古相手と立礼し、見所の伴康介師範の前に立った。

選抜仕合いは、突然の指名で行なわれる。その日、調子のいい者同士が対戦させられる仕組みだ。

選抜仕合いは、月に五、六度行なわれ、十月までに最優秀選手二人に絞られる。最終選抜仕合いで勝利した方が、十一月の御前仕合いに出場出来るのだ。

月に五、六度行なわれる選抜仕合いでは、一度負けても、再度復活出来、次の月の選抜仕合いに出ることが出来る。しかし、三度目の復活はない。

龍之介の対戦相手が指名され、隣に立った。

水野膳之介《みずのぜんのすけ》、七回生。道場の席次五番。赤い布《きれ》を首に巻いている。

かつて、嵐山光毅と対戦して負けた門弟だ。その時、席次七番だった。二番順位を上げたのが、師範たちの選抜理由なのだろう。

龍之介は、何度か稽古仕合いをした相手だが、何度やっても勝つことは出来なかった。最近は稽古仕合いもしたことがなく、以前よりも強くなっているのだけは確かだった。龍之介は白鉢巻きを首に巻いた。

選抜されることに自信があるのは、水野の顔に表れている。以前に増してふてぶてしく、自信に満ちた顔をしている。

「勝負は一本」

判じ役の伴康介師範がいった。

龍之介は、水野を半眼で見、立礼した。水野も龍之介に眼を据えて、眼を龍之介から離さない。

「双方、はじめ！」

互いに蹲踞《そんきょ》の構えから、竹刀の先を叩いて立ち上がった。

龍之介は竹刀を青眼に構え、水野の左眼に竹刀の先を向けた。水野は中段、右八相の構えだ。

水野が鋭い気合いをかけた。

行くぞという気合いだ。

同時に水野は竹刀を上段に構え直し、つつつと間合いを詰めた。龍之介は、それよりも早く、水野の竹刀の起こり（始動）を捉えて、水野の懐に飛び込んだ。

水野は慌てて、竹刀で龍之介を突き放そうとした。龍之介は、その一瞬の隙を見逃さず、下がり面を打った。

「一本、白」

伴康介の鋭い声が上がり、さっと白の龍之介に手を上げた。龍之介は竹刀を下段に下げ、残心した。

「まだまだ」

水野は呆気なく勝負がついたことに、逆上した。

「やめ、やめ」

伴康介の声に耳も貸さず、水野は仕合いをやめず、そのまま突進し、龍之介の喉元に突きを入れてきた。

龍之介は、竹刀で水野の竹刀を叩き落とした。また飛び込んで「メーン」と叫び、水野の面を竹刀で激しく叩いた。

一撃必壊。

龍之介の竹刀は撓《しな》り、竹刀の先が水野の後頭部を強《した》かに打った。水野の軀は泳ぎ、ふらついた。

師範代の相馬力男たちが水野に駆け寄った。

「水野、終わった。仕合いは終わった」

水野は「はい」とだけ返事はするが、まだ負けたことが分かっていない様子だった。

「望月龍之介、今回の選抜仕合いは、おぬしの勝ちだ。下がれ」

伴康介師範は大声で宣した。

龍之介は竹刀を脇に携え、神棚、師範の順に立礼して、控えの間に下がった。

見物していた門弟たちは、龍之介に喝采を送った。

「龍之介、やったな」と権之助は龍之介の背をぽんと叩いた。

文治郎も自分のことのように喜んだ。

「まずは、一勝だな。いいぞいいぞ」

明仁が龍之介に告げた。

「あと二勝だ。ふたつ勝てば、まず最優秀選手になれる」

「水野のほかに強敵は誰になる？」

九三郎が門弟の名札を眺めながらいった。

「分からない。だが、全力を出して勝ち進むだけだ」

師範代の相馬力男が、笑いながらやって来た。

「おい、龍之介、ほんとに強くなったな。打ち込みが凄い。竹刀でも、おまえの面打ちを受けたら、頭がくらくらして卒倒するんじゃないか」

「ありがとうございます。師範代先生たちの扱《しご》きのお陰です」

龍之介は礼をいった。

「おぬしの戦いぶりを見て、すでに御前仕合いの出場者に決まっている川上健策が、推薦出場を辞退したいと言い出した」

川上健策は抜き胴を得意技とする、道場一、二を争う上級者だ。

「あの川上健策が？　どうしてですか？」

「師範推薦の代表ではなく、選抜仕合いで、おぬしに勝って出場したい、というんだ」

「それがしに勝つ？」

龍之介は唸った。

たとえ川上健策が相手とはいえ、敗けるつもりはない。敗ければ、御前仕合いに出られなくなり、望月家再興も出来なくなる。

だが、もし、自分が川上健策の立場だったら、同じようなことを言い出すだろう。やはり、代表選手になるには、選抜仕合いに勝って出場を決めるのが本筋だと思う。

「それだけ、龍之介、おぬしは、注目されているのだ。次の選抜仕合いは、まだ誰になるのか分からないが、師範会議でも、おぬしの対戦相手に誰を指名するか、大揉めになるだろう。楽しみにしておけ」

師範代の相馬力男は、龍之介の肩を頼もしそうにぽんぽんと叩いた。

「よろしくお願いいたします」

龍之介は離れて行く師範代の相馬力男に、頭を下げた。

第四章　死闘御前仕合い

一

教室の窓は全開にされ、爽やかな風が入ってくる。近くの森からアブラ蝉が喧《やかま》しく鳴き立てる声が聞こえてくる。

龍之介は、教壇に立つフランス語講師の読む声に合わせ、フランス語の教本を音読《おんどく》した。フランス語の日常会話だった。

藩校生たちは、慣れぬフランス語の発音に四苦八苦していた。昨年まではオランダ語が異国語の主流だったが、今年に入り、オランダ人教師は去り、代わってフランソワというフランス人教師が教壇に立った。

フランス語もオランダ語もアルファベットで書かれているので、字体は違和感がないものの、発音となると全く違った言葉に聞こえる。それでも、日本語が流暢《りゆうちよう》に話せる、口髭を生やしたフランス人教師フランソワの口真似をして、フランス語を発音するうちに、どこかがオランダ語と似ていて、意味もなんとなく分かる。

フランソワにフランス語を習ううちに、同じフランス人軍事顧問のピエール大尉が話す言葉も、単純な単語は分かるようになった。

龍之介が最初に覚えた言葉は、ピエール大尉がしばしば龍之介たちに発する「メルド」という言葉だった。

「なんてこった！」「畜生！」というような驚きとか罵《ののし》る文句だと分かり、それからは龍之介たちの間で、「メルド」が流行った。何かある度に「メルド」と吐き捨てる。

戟門の太鼓が響き、授業が終わった。フランソワ先生が、「オボワール、またあしたね」と笑って教室を出て行くと、龍之介たちは授業から解放された。

「龍之介、筧某が分かったぞ」

前の席にいた鹿島明仁が、後ろの席に屯する龍之介たちのところにやって来た。明仁は、日新館の歴史にやたら詳しい。知らないことがあると、一生懸命に調べる。

「そうか。で、筧なんという名だ？」

「筧主水介《もんどのすけ》、おれたちより、七個年上の先輩だ」

「どこかで聞いたことがある名だな」

文治郎は考え込んだ。

明仁は龍之介の前にどっかと座り込んだ。

「道場の席次一番になったことがあるらしい」

「遣い手だな」と権之助が呟いた。

明仁はうなずいた。

「それで御小姓組に引き上げられたらしい。父親は筧市衛門《いちえもん》。茶色紐組の中士、小普請組の組頭だ。主水介は筧家の長男の総領だ」

「それがし、筧主水介さんなら知っている」

九三郎がいった。

「うちのご近所さんだ。同じ町内の武家屋敷に住んでいる。子どものころ、遊んでもらったこともある。だが、大きくなってからは、挨拶する程度だ。親同士は知っていると思う。近所付き合いだからな」

「どんな人だった？」

「子どものおれから見て、恐いお兄さんだった。喧嘩が強そうで、肩で風を切って歩いていた。什の仲間を引き連れて、近所を闊歩《かっぽ》していたのを覚えている」

「独り身か？」

「いや、たしか四年前に身を固め、男の子がいる」

文治郎が心配顔で龍之介を見た。

「龍之介、どうするつもりなのだ？」

「筧主水介殿に会って、兄が死んだ経緯を聴きたい」

九三郎が唸った。

「よした方がいい。もし、突然、訪ねたら、筧主水介さんは、きっと警戒する。もしかして、仇討ちに来たのではないか、と」

「仇討ちだと。馬鹿な。ただ事情を聞かせてもらいたいだけだ」

「おぬしの兄上と真剣で渡り合ったんだぞ。そして、斬られて傷を負った。どのくらいの傷かは分からぬが、療養のために江戸下がりになった。もしかするとおぬしの兄を恨んでいるのではないか」

文治郎もいった。

「そうだよ。江戸下がりになったということは、かなりの深手だったからではないか」

「なるほど」

「斬られた筧主水介からしたら、斬った相手の弟が会いたいといって来たら、きっと用心する。仇討ちでなかったら、何しに来るのだ、と」

龍之介は頭を掻いた。

「それがし、まずは兄上がご迷惑をおかけしたと謝罪するつもりなんだが」

「ならば、誰かを介《かい》して、その旨《むね》を先方に告げて訪ねた方がいい。それでも、斬られた本人としては、武士としてだいぶ誇りを汚《けが》されているだろうから会わないかも知れん」

権之助もいった。龍之介はうなずいた。

「そうだな。たしかに、不審に思われるな。佐川官兵衛先生か伴康介師範に話を介していただこう。知っている先生が介してくだされば、会ってくれるかも知れない」

「そうだな。それがいい」

九三郎も文治郎も権之助もうなずいた。明仁も賛成した。

メルドッ。

龍之介は自嘲した。

兄の狼藉《ろうぜき》を止めようとして、兄に斬られた筧主水介の無念さに思い至らなかった己れの愚かさを恥じた。

「ううむ。筧主水介と会いたいというのか」

佐川官兵衛は腕組みをして唸った。

「はい。兄のことを謝罪したいのです。怪我の具合も伺い、お詫びしたい。その上で、できれば、いったい何があったのか、お聞きしたいんです」

官兵衛は頭を振った。

「会うことはできても、話を聴くのは難しいかも知れん。なにしろ、真之助乱心の件は、保秘とされている。事件の当事者のひとりである筧主水介も、きっと上から事件のことは喋るなと厳命されておろう」

「そうですか」

龍之介はがっかりした。藩上層部は、真之助が起こした事件の真相を、なぜか隠そうとしている。その事件の当事者で、かつ被害者である筧主水介が、上の意向を無視して、事件の真相を話すはずがない。そんなことにも思い至らなかったことに、龍之介は我ながら呆れた。

「怪我の程度は、どうなのでしょう？　かなり深手と聞いていますが……」

「うむ。筧主水介に会った者の話では、かなり重いようだ。右腕がなかったそうだ」

「…………」

龍之介は絶句した。右腕を斬り落とされたとは、考えも及ばなかった。それで江戸下がりになったのか。御小姓組からも外される。片腕をなくした侍が故郷の藩に戻って、いったい、どんなお役目に就けるというのか。

そんな目に遭った筧主水介が、兄のことを恨まないはずがない。そうした事情も知らず、弟の己れがのこのこと、どんな顔をして、会いに行くというのか。

兄によって、片腕ばかりか、人生の半ばで、その将来の可能性をぶった斬られた筧主水介の恨みはいかほどのものか、龍之介には想像も出来なかった。いったい、なんとお詫びしたらいいのか、龍之介は唇を噛んだ。

「ははは。龍之介、兄のしたことで、弟のおぬしが責任を感じることはないぞ」

「しかし、そうとはいえ、申し訳なくて」

「だから、武士は、やたら刀を揮《ふる》うものではないということだ。いったん刀を抜けば、相手の人生も、己れの人生も激変させる。その覚悟ができなければ、サムライは容易に刀を揮ってはならぬ。サムライが刀を持つということは、常に死を意識して生きねばならぬということだ。そうでなければ、刀は持つな」

官兵衛は諭すようにいった。

「はい。先生のお言葉、肝《きも》に銘じておきます」

「うむ。とはいえ、それがしが、筧主水介におぬしの詫びる気持ちを伝えておこう。あとは、筧主水介が、おぬしの気持ちを受けて、どうするかだ。会いたくないというか、会ってもいい、というか」

「先生、それがし、どうしたらいいのでしょうか」

「どうしても気が済まないというなら、詫び状を書くのも一つの方法だな。おぬしの気持ちを正直に伝える」

「はい。詫び状を書いてみます」

「うむ。そうすれば、わしが、その手紙を筧主水介に渡して、会えるかどうか、打診することができる」

「はい。では、手紙をしたため、明日にでも持って参ります」

「うむ。そうしなさい。あとは、わしがなんとかしよう」

官兵衛は大きくうなずいた。

龍之介は師範室を後にしながら、いまさらながらに、兄真之助が犯《おか》した事の重大さを嚙み締めるのだった。

二

阿賀川の河川敷は、夜明け前ということもあり、霧と暗さに覆われている。

龍之介は、河原での稽古の支度をしながら、大槻弦之助に佐川官兵衛の話をした。

「そうか。官兵衛様も、そうおっしゃっておられたか」

大槻弦之助は、稽古の支度をしながら、うなずいた。

「それがしも、心当たりにあたったら、覚主水介だと分かった。だが、すぐに主水介には、上から箝口令が出されていて、たとえ身内の家族であっても、事件のことは洩らすなとされていた。だから、もし、おぬしが覚主水介に会っても、何があったかを話すことは決してあるまい、と思う」

「そうですか」

龍之介は半ば諦めの気持ちでいった。

「一つだけ、分かったことがある。おぬしの兄真之助を誰が斬ったのか、だが、その場にいた御小姓組の者ではなかったらしい」

「御小姓組の者ではない、ということは、誰だというのですか？　御小姓組ではない側衆《そばしゅう》の誰か、ということですかね」

「それが、謎なのだ。真之助殿は溝口派《みぞぐちは》一刀流《いっとうりゅう》の大目録を受けた剣の遣い手。筧主水介も、真之助を止められなかった。その真之助をいったい誰が倒したのか。これまた上は秘密にしているのだ」

　大槻弦之助は、襷を掛け、最後に黒い布紐で、きりりと鉢巻きを締めた。龍之介も白布で鉢巻きを締めて立った。

「では、始めよう。ついて参れ」

　大槻弦之助は木刀を一振りすると、気合いを発し、朝靄《あさもや》の中、石ころだらけの河原を走り出した。

　龍之介は、地を蹴り、大槻の後を追って河原を駆けはじめた。追い付いては、大槻に木刀で打ちかかる。大槻は巧みに木刀で受け流したり、身を躱し、すぐさま木刀で切り返す。

　小半刻、息もつかせず、かかり稽古を行なうと、龍之介はたちまち汗だくになった。大槻はと見れば、うっすらと額に汗はかいているものの、ほとんど息も乱れず、平然としていた。

　遠くの磐梯山が朝焼けに染まっている。朝の鮮烈な太陽の光が河原に差しかかっていた。

最後の仕上げに、中州の砂地で、二人は組太刀稽古を何番もこなし、朝稽古を終えた。

「いまの組太刀、目を閉じてもできるよう、軀にしみ込ませておけ」

「はいッ。これは、何という秘太刀《ひだち》なのですか？」

大槻は静かに笑いながらいった。

「秘太刀ではない。真正会津一刀流の基本中の基本、朝霧《あさぎり》だ」

「朝霧？」

龍之介は訝った。道場で行なう組太刀稽古とほとんど変わったところがない。変わっているところといえば……。

「龍之介、考えるな。自然体だと申したろう？」

「はい。ですが、それがしには、道場で行なう組太刀とあまり変わらぬように思うのですが」

「その通りだ。基本は変わらぬ。同じだ。違うのは、自然体で、何も考えずに相手の動きに合わせ、次の動作を察知し、臨機応変《りんきおうへん》に技が出るようになることだ。そんな特別なことではない」

大槻は微笑んだ。

「知らぬ間に、軀が咄嗟の技を出すようになる。それが、真正会津一刀流の極意の一つだ」

龍之介は狐につままれる思いだった。

「ははは。いまに分かるようになる。真正会津一刀流は、なにも難しい剣法ではない。理屈ではなく、軀が反応するようになる」

大槻は鉢巻きを解きながらいった。

「龍之介、おぬし、この朝稽古を繰り返しているうちに、一段と軀の動きが鋭く、安定するようになったぞ。おぬしが気付かぬうちに、それが、次の選抜仕合いに現われる。楽しみにしておけ」

「はい」

半信半疑のまま、龍之介は生《なま》返事をした。

知らぬ間に、剣法が身に付く？

真正会津一刀流は奥が深い、と龍之介は思うのだった。

「一つ報告がある。奥と相談し、おぬしのご母堂にお願いし、奈美を西郷様の女塾に通わせてもらうことにした」

「そうでしたか。奈美さんは？」

龍之介は、ほっとした。同時に肝心の奈美はどう考えているのか、と。

「うむ。奈美も喜んでおった。本当は奈美も奥に上がるのは嫌だったらしい。それがしたちの暮らしを楽にするため、奥に上がる覚悟をしておったらしいが。それがしが、おぬしに真正会津一刀流を教授することになり、やや扶持が増えたので、暮らしは少し楽になる。これもおぬしのお陰だ。私も奥も、おぬしに感謝している。ありがとう」

大槻は龍之介に頭を下げた。

「先生、それがしは、何もしていません。こちらこそ、先生に何かとお世話になっております。ありがとうございます」

龍之介は慌てて大槻に頭を下げるのだった。

三

奈美が通うことになった西郷宅の「女塾」は、公《おおやけ》の「塾」というものではなく、あくまで西郷家に有為《ゆうい》の女たちが私的に集まり、講師を招いて、歌を詠んだり、和漢書を読んだり、華道や茶道、行儀作法も習うという多岐にわたる趣味をこなす女の会であった。時には、日新館道場を借り、武家の女の嗜みとして木薙刀《きなぎなた》の稽古をする。中には男勝《まさ》りに銃を取り、射撃の練習をする女子もいた。

女たちの学びの場を創ろうとしたのは、西郷近思夫人の律子や頼母夫人の千重子《ちえこ》を中心とした奥方たちだった。

家父長制が強く支配する武家では、女たちは声も上げられず、ひっそりと暮らしていたが、保科《ほしな》家の直系分家である西郷家では、女たちの力は強く、女も武士道精神に裏打ちされた婦道を貫く気風があった。

女塾には山本覚馬《やまもとかくま》の妹八重《やえ》をはじめ、活発で利発な会津女子が密かに通っていた。容保の姉照姫《てるひめ》もそうした女たちを支援していた。

龍之介は、西郷家から時折聞こえる女たちの楽しそうな笑い声に心が和んだ。あの女たちに混じって奈美も学んでいる、と思うと、龍之介は己れもしっかりせねば、と自らの励みにした。

「……望月、おまえだ」

「おい、龍之介、おまえ、指名されたぞ」

隣の権之助が龍之介の胴を肘で打った。

安藤主馬師範が竹刀の先で龍之介を指していた。

「はいッ」

龍之介は弾かれたように立ち上がった。

選抜仕合い二回戦で、早くも指名されたのだ。

急いで面を被り、紐をきつく締める。

「望月龍之介、串間健太郎《くしまけんたろう》、両名、前へ」

安藤主馬師範は大声でいった。

龍之介は竹刀を提げて、道場の中程に進んだ。串間健太郎も、摺り足で前に出て来た。

串間健太郎は、安藤主馬師範が目をかけている門弟だった。道場の席次は三位から五位の間にいる。串間とは、かかり稽古の相手をしたぐらいで、稽古仕合いもしたことはない。

串間は白布を首に巻いている。龍之介は赤い鉢巻きを首に巻いた。

龍之介は串間と相対し、立礼した。

「勝負は一本」

判じ役は安藤師範で、副審は伴康介師範や師範代たちが務める。

「はじめ！」

龍之介は、ゆっくりと立ち上がり、竹刀を青眼に構えた。串間は、龍之介の竹刀を竹刀の先で叩いて、さっと飛び退いた。

間合い二間。

串間は盛んに竹刀の先を上下させ、龍之介の打ち気を誘おうとしている。気合いを何度も発し、龍之介の隙を探している。龍之介は、竹刀の先を串間の左目にあて、するすると一気に前に進んだ。

串間も待ってましたとばかりに、龍之介に突進し、面打ちしようとした。龍之介は振り下ろして来た串間の竹刀より一瞬早く、串間の面に竹刀を叩き込んだ。串間の竹刀が遅れて龍之介の脇を過ろうとした時、龍之介は退きながら、今度は胴を叩いて抜いた。

「……一本！　赤」

判じ役の安藤師範は渋々と赤の龍之介に手を上げた。副審の伴康介たちも、全員赤旗を上げている。

龍之介は残心し、竹刀を脇に戻した。串間は啞然としていたが、慌てて向き直り、龍之介と立礼を交わした。

席に戻ると、権之助がそっと龍之介に囁いた。

「一瞬で決まったな。仕合いが始まって、二呼吸か三呼吸だったぞ」

龍之介は面を脱いだ。

「そうか。それがしには、もっと時間がかかったように思えたが」

龍之介は首を傾《かし》げた。相手がゆっくり動いているように見えた。

串間健太郎は、安藤師範の前でうなだれていた。安藤師範は憮然とした顔で説教を垂れていた。

「龍之介、佐川先生がお呼びだぞ」

見所《けんぞ》に座った佐川官兵衛が、龍之介に手招きしていた。

龍之介は、面を権之助に預け、竹刀を携え、見所に急いだ。

「龍之介、見事な早業だった。軀の切れがあるな」

「ありがとうございます。ですが、たまたまです。今日は軀が軽いんです。だから、動ける」

「いまの調子で行け。もう一仕合いで、選抜代表選手が決まる。気張れ」

「はい。ありがとうございます」

龍之介は誉められて気を緩めるわけにはいかない。道場を見回すと、次の仕合いがちょうど終わるところだった。今度は白の旗が上がった。

秋月明史郎が残心していた。

手強《てごわ》い相手は秋月明史郎だ。秋月も順当に勝ち残っている。秋月は見所を振り向いた。龍之介と視線が交錯した。秋月の目に炎が揺らめくのが見えた。

「ところで、龍之介、寛主水介から、返事があった。おぬしの詫び状を読んで、おぬしに会ってもいい、といっている」

「ほんとですか」

「龍之介は謝る必要なし、といっていた。真之助は決して悪いわけではない。悪いやつは、もっとほかにいる、ともな。今夜にでも訪ねて来いということだった」

「分かりました。それがし、さっそく今夜、酒でも持って寛主水介殿を訪ねたいと思います」

「うむ。わしも同行しよう。わしも、寛の話が聞きたい。寛主水介は、おぬしの手紙によほど感激したのだろう。話せるだけ、話すつもりになったらしい」

「上から、厳重に口止めされているのではないのですか？」

「うむ。その禁を破ってでも、おぬしに話したいことがあるらしい」

「分かりました。では、今夜、先生のお宅に寄ります」

「うむ」

佐川官兵衛はうなずいた。

龍之介は見所を退きながら、思わぬ展開に、胸がどきどきするのを覚えた。

これで兄上真之助が亡くなった真相が分かる。そう思うだけで、龍之介は胸が躍った。

四

筧主水介の武家屋敷は、会津街道に抜ける大町《おおまち》通りに面していた。西郷邸の北東に位置する佐川官兵衛の屋敷に寄ると、大回りになるが、急ぐことでもない。龍之介は早めの夕食を終え、佐川邸に立ち寄った。

酒を持参しようと思ったが、筧主水介には稚《いとけな》い子どもがいるのを考え、酒ではなく、親子で楽しめる饅頭《まんじゆう》を詰めた折を持参することにした。

街は薄暮に包まれ、ひっそりと静まり返っていた。夕霞《ゆうがすみ》が街角を覆い、カナカナ蜩の声が聞こえていた。蜩に代わり、虫の声が高鳴っていた。

鶴ヶ城が黒い陰影を造ってそびえていた。

西の空に細い三日月がかかっている。無数の星が現われ、瞬きはじめた。

「待たせたな」

佐川官兵衛は着流しの気楽な格好で、腰に脇差しを差していた。左手に佐川家の家紋が付いた提灯を提げていた。

龍之介は一応、羽織袴の訪問着で、腰には大小の刀を差していた。饅頭を詰めた菓子折を小脇に抱えている。

「龍之介、歩きながら話をしよう」

「はい」

官兵衛はゆったりと大股で歩き出した。龍之介は半歩遅れて後に続いた。

「おぬし、このところ、毎朝、まだ日が出ないうちから、河原で誰かと稽古をしておるそうだな」

「はい」

龍之介は、どうして佐川官兵衛は、知っているのだろうか、と思った。

「相手は誰だ？」

「大槻弦之助様です」

「さようか。大槻弦之助なら、安心だ。おおいに稽古を付けてもらえ」

佐川官兵衛は大らかに笑った。

龍之介は訝った。

「しかし、それがしの稽古のこと、どうしてご存じなのですか？」

「わしにも、多少は目も鼻も利《き》く手下が何人かおる」

官兵衛は龍之介を振り向き、にやりと笑った。

「龍之介、そんなに畏まるな。遠慮せず、わしと並んで歩け。後ろにいては話しづらいではないか」

「はい。では、失礼します」

龍之介は半歩前に出て、官兵衛と並んで歩き出した。

「大槻弦之助は可哀相な男だ。真正会津一刀流に出合わず、藩内の政争に巻き込まれなかったら、きっと出世し、藩要路の一人になっておったろう。もしかすれば、日新館道場で師範となって、藩校生たちに剣を教えていたかも知れん」

「つまり、大槻先生は、真正会津一刀流に出合ったことにより、不遇《ふぐう》になられた、というのですか」

「真正会津一刀流が悪いわけではない。真正会津一刀流を、隠し剣御留流として利用し、自らの政治的な武器として利用しようとする勢力が悪いのだ。大槻は真正会津一刀流を身に付けたために、その勢力に取り込まれ、利用された。そして、取り返しのつかぬ過ちを犯した」

「取り返しのつかぬ過ちとは何ですか？」

「大槻から聞いておらぬのか？」

「聞いておりません」

「いまに、大槻本人がきっと話してくれよう。わしが話すことではない」

「そうですか」

龍之介は気になったが、官兵衛がそれ以上、話してくれそうになかったので諦めた。

佐川官兵衛は、ふと足を止めた。

提灯を左手で掲げ、右手を腰の脇差しの柄《つか》にかけた。官兵衛はくるりと後ろを振り返った。

龍之介も、一瞬遅れたが、背後に殺気を感じて振り向いた。

「何やつ、出ろ」

官兵衛は背後の暗がりに怒鳴った。

通りの脇にある用水桶の陰から、黒い人影が一人飛び出した。影は何もいわず身を翻して、一目散に駆け出して行った。影は通りの脇の木立に飛び込み、暗闇に溶け込むように消えた。

「逃げ足の速いやつだ」

官兵衛は苦笑いし、脇差しの柄にかけた手を下ろした。龍之介は首筋にあてられた鋭い視線の痕《あと》を撫でた。

「どこから、つけて来たのでしょうか」

「わしの家の前からずっとだ。おそらく、おぬしをつけて来たのだろう」

「まさか。それがし、まったく気付きませんでした」

官兵衛は答えず、通りの先を見ると、龍之介に叫んだ。

「いかん、龍之介、急げ」

官兵衛は腰の脇差しを押さえ、走り出した。

龍之介は饅頭の折箱を小脇に抱え、大小の刀を押さえて、官兵衛の後を追った。

「何事ですか」

「筧の屋敷で騒ぎが起こったらしい」

行く手の先に提灯の明かりがいくつも見えた。一軒の武家屋敷の武家門の前に人だかりが出来ていた。

官兵衛は提灯片手に武家門の人だかりに分け入った。人だかりは官兵衛の提灯の家紋を見、すぐに道を開けた。龍之介も後に続いた。

玄関の戸は開けっ放しになっており、家の中が騒がしかった。

「筧、いかがいたした」

官兵衛は雪駄を脱ぎ、上がり框から廊下にずかずかと入って行った。龍之介も玄関先で草履《ぞうり》を脱ぎ、官兵衛に続いた。

居間は行灯《あんどん》の仄《ほの》かな明かりと、手燭の蠟燭《ろうそく》の明かりに照らされている。御新造が片腕のサムライを抱え、おろおろしていた。サムライの口から一筋の血が流れ出ていた。

「筧主水介、しっかりしろ」

官兵衛は歩み寄った。

筧主水介の顔は青ざめ、死相が表れていた。

傍《かたわ》らで町医者が必死に急須で主水介の口に水を呑ませようとしていた。

「御新造、いかがいたしたのだ？」

「旦那様は、毒を盛られたらしいのです。あなた、水を呑んで。お願い、死なないで」

奥方は主水介の頭を抱え、水を呑ませようとしていた。

主水介は助かりそうもない、と龍之介は思った。

官兵衛は主水介に話しかけた。

「筧、望月龍之介を連れて参ったぞ。何か、言うことはないか」

筧主水介は龍之介の名前を聞き、目をかっと開いた。奥方はきっと顔を上げ、龍之介を憎々しげに睨んだ。

「望月龍之介、おのれ、よくも」

筧主水介は、奥方の腕の中で片腕をふるって起き上がろうとした。

「あなた、この男が、あなたを殺めようと……」

「待て。御新造、筧が何かいおうとしておる」

官兵衛が奥方を抑えた。筧主水介は片手を伸ばし、龍之介の小袖の襟を掴んだ。龍之介は掴まれるままでいた。官兵衛が怒鳴った。

「筧、何をいいたい？」

筧主水介は、目を見開き、龍之介を見つめた。優しい目付きだった。

「……真之助は……け、けして悪くないぞ。……正そうとした。それを……」

筧主水介は、げほげほと血反吐《へど》を吐き、激しくむせた。

「あなた、しっかりなさって」

筧主水介のむせるような咳がようやく止まった。

龍之介の襟を摑んでいた指は力なく外れた。

「筧主水介殿、しっかりなさってくだされ」

筧主水介は、龍之介を見つめた。目から光が消えようとしていた。だが、口が開き、必死に言葉を吐こうとした。

「……味方の顔を……した敵に……気をつけろ」

筧主水介の最期の言葉だった。主水介は奥方の腕に抱かれたまま、がっくりと頭を落とした。

「あなた、私を残して逝かないで」

奥方は夫主水介の頭を抱え、顔を優しく撫でていた。主水介は目を閉じたまま、二度と目を開けなかった。

それまで黙って後ろに控えていた老侍が、官兵衛と龍之介の前に静かに膝行した。

筧家の当主市衛門だった。

筧市衛門は、傍らの大刀を立てた。柄に手をかけた。

「そこにおるのは、望月龍之介だな」

「はい」

「刀を抜け」

官兵衛が筧市衛門の前に出て座った。

「待て。筧市衛門、なぜ、龍之介を斬ろうというのだ」

「卑怯者。こやつ、毒の入った酒をお詫びにと届けおった」

筧市衛門は、一升瓶の包み紙を龍之介の前に放った。その包み紙には、達筆で「お詫びの酒一献奉《たてまつ》る　望月龍之介」と書いてあった。

「これは、それがしの筆にあらず。偽者の筆でござる」

「なにい、真か」

「真でござる。それがし、いったんはお酒をと思いましたが、お子さまがいると知り、ご家族皆様で召し上がれるようにと、饅頭をお持ちした次第でござる」

龍之介は饅頭の折をそっと筧市衛門の前に差し出した。

官兵衛がいった。

「この龍之介、決して嘘はつきません。愚直なまでに正直な男。それがしが保証いたす」

筧市衛門の顔色が変わった。

「では、誰が……」

龍之介は尋ねた。

「酒を届けた者は、誰でございますか？」

奥方が震える声で答えた。

「酒屋鶴《つる》やの手代と申しておりました。でも、いつもの手代ではなく、初めて見る顔の男でした」

筧市衛門は唸った。

「倅は無類の酒好き。片腕を斬られてからは、毎日、酒びたりだった。それで、望月龍之介の名前で届けられたお詫びの酒と聞き、さっそく奥に命じ、おぬしたちが来る前に、と利き酒をした。まさか毒入りとは知らずにな」

筧市衛門は、がっくりと腰を落とした。

龍之介は、じっと奥方に抱かれたままの筧主水介の死に顔を見つめた。

「これは、口封じだ。龍之介、おぬしも、くれぐれも身辺に注意しろ」

佐川官兵衛は怒りを圧《お》し殺していった。

「はい。気をつけます」

口封じ？

事件の真相を隠すため、藩はここまでやるのか。だが、なぜ、何のために？　藩はいったい何を恐れているというのか。

龍之介は腕組みをし、悲嘆にくれる奥方や家長筧市衛門の姿を目に焼き付けた。事件の真相、なんとしても明らかにする。

心の中で深く誓った。

最期に筧主水介が残した言葉が、頭に残っていた。

味方の顔をした敵に気をつけろ。

兄真之助の死と、筧主水介が最期に残したこの言葉は、どういう関係があるというのか。龍之介は自問を繰り返していた。

五

九月の青空に銃声が鳴り響いた。十数挺の銃の一斉射撃だ。武道場の屋根瓦から、銃声に驚いた鳩の群れが飛び立った。蟬の鳴き声も止まった。

「第一分隊。第二分隊と交替！　ぐずぐずするな」

「何をもたもたしておる」

「敵が向かい側にいると思え。敵に撃たれるぞ。頭を低くして下がれ」

射撃教官や助教が訓練生に怒声を浴びせかける。

第一分隊の文治郎と九三郎は、ほかの訓練生よりも素早い身のこなしで、引き下がった。

「龍之介、しっかりやれよ」

文治郎が龍之介の背を叩いた。

龍之介は銃を携えながら、銃座に走り込んだ。すぐに躯を伏せ、伏射《ふくしゃ》の姿勢を取る。

銃口を前方の築山に並んでいる人形《ひとがた》の標的に向けた。照準線を意識して、標的を狙う。

標的は弓射場の同心円の的《まと》と違い、人の上半身を模《も》した黒い人形だった。銃の射撃は弓射と違う。人間を殺す武器だということを、訓練生の頭に叩き込むために、軍事顧問のピエール大尉たちが、射撃訓練当初から採用したものだ。

人形の標的は一間《けん》ほどの間隔を空けて、十数個並んでいる。

「狙え」

教官が命令した。

「撃て、というまで撃つな」

とたんに離れた銃座で銃声が轟いた。

続いて、その隣からも銃声が起こった。

「馬鹿もの、誰が撃てといった」

助教が飛んで来て、近くの銃座の訓練生の尻を竹刀でひっぱたいた。

「だから、いっただろう、撃てというまで撃つな！」

その向こうの銃座の訓練生も、別の助教から激しく竹刀で尻を叩かれた。

ゲベール銃は、火縄銃と同じく、先込《さきご》め式で、一度発射すると、二発目を発射するために手間がかかる。銃口から細い金属製のブラシを差し込み、火薬の滓《かす》に塗《まみ》れた銃《じゅう》腔《こう》内を掃除する。その後、火薬の包みを銃口から入れ、鉛《なまり》の弾丸を詰めて装填する。これで初めて射撃が出来る。

ゲベール銃が火縄銃よりも進化した点は、雨に弱い燧石《すいせき》式ではなく、雷管《らいかん》を打って発射する管打《かんうち》式が採用されたことだ。

「狙え！　よく標的を狙えよ」

教官の声に、龍之介は片目を瞑《つむ》り、照準を人形標的のど真ん中に向けた。

距離五十間（約九〇メートル）。

龍之介は引き金に人差し指をかけ、静かに呼吸を整えた。

発射の際の呼吸は、弓射と同じだ。ただし、弓射の場合、的を狙うにも、矢の描く弧を意識する。矢は直進せず、山なりになって飛ぶからだ。

ピエール大尉によると、銃の弾丸も空気抵抗と引力のために直進せず、弾は弓なりに弧を描いて飛ぶ。だが、火薬の爆発によるので、銃から飛び出す弾は勢いがよく、近距離であればほぼ真っ直ぐに飛ぶ。だから、標的を狙って撃てばよい、ということだった。

「テッ（撃て）」

教官の声が響いた。同時に龍之介は引き金を絞るように引いた。銃は発射の反動で、手元が跳ね上がった。反動を予想していたので、龍之介は銃把《じゆうは》をしっかり握り、反動を肩から軀に流した。

「二番、三番、四番、外れ。一番と五番命中だ。よし」

傍らで双眼鏡で覗いていた教官が怒鳴るようにいった。

「メルド、外れたか」

二番標的は、龍之介の標的だった。

五人中、二人しか的に当てていない。

「この班の成績、概《おおむ》ね、よし」

教官は大甘《おおあま》の判定を下した。

隣の班でも、射撃成績の発表がなされている。笑いや嘆きの声が上がった。

教官が命じた。

「第二分隊。第三分隊と交替！　急げ」

教官の命令に、龍之介は銃を携え、後ろに下がった。第三分隊の訓練生が龍之介と交替して、銃座に伏せる。

銃身は発射したばかりなので熱かった。

後方に下がると、急いで銃床《じゆうしよう》を地面に付けて銃を立て、銃腔内の掃除にかかった。第三分隊が発射し終わると、また第一分隊が交替して銃座に着く。それまでに、第二分隊の龍之介たちは、銃を掃除し、火薬を入れ、弾を詰めておかねばならない。

三番射手の権之助が銃の掃除をしながら、ぼやいた。

「こんなことを、繰り返すなんて、ほんとに面倒だよな。この間に、おれが敵なら、抜刀して、ここに斬り込んでいる。弾なしの鉄砲では応戦もできまいて」

第一分隊の文治郎が振り向いて笑った。

「権之助、文句をいうな。旧式のゲベールだから操作が面倒なんだ。いまはゲベール銃のような前装式ではなく、後装式のスナイドル銃がある」

九三郎が続けた。

「そうだぜ。後装式のスナイドル銃なら、すぐに弾込めができるから、こんな三銃列を作らずに済むし、狙えばかなり正確に当たるそうだ」

「だったら、はじめから、ゲベール銃なんかで訓練せず、スナイドル銃で訓練した方がいいんじゃないか」

権之助はようやく銃の掃除を終えて、火薬を詰める。

銃声が起こった。第三分隊の一斉射撃だ。

文治郎が権之助にいった。

「ぼやくな。ゲベール銃で十分に撃つ基本の訓練をしておけば、どんな銃でも扱えるようになるし、標的を撃つのも上手くなる。それまでの練習だと思え」

「文治郎、いまはミニエー銃よりも性能がいいスナイドル銃が出ているそうだぞ。ピエール大尉がおっしゃっていた。会津藩の鉄砲は、前装式のゲベール銃ばかりで時代遅れだと。早く後装式のスナイドル銃にしなければ、とな」

「なにをぺちゃくちゃ喋っておる。集中しろ。銃を粗雑に扱うと暴発するぞ。気をつけろ」

助教が九三郎をどやしつけた。

「はいはい。判りました」

九三郎は銃を「捧《ささ》げ銃《つつ》」した。

「第三分隊。第一分隊と交替！　急げ」

教官の命令が飛んだ。

文治郎と九三郎は、銃を手に急いで銃座に駆け寄り、伏せた。二人は、ほかの誰よりも、きびきびした動きをしている。

権之助が嘆いた。

「それにしても、この銃、的に当たらんな。弾があっち飛び、こっち飛びして、真っ直ぐに飛ばない。どうしたもんかな」

龍之介も笑った。

「それがしもだ。どうも銃とは相性が悪いかも知れん」

「これじゃあ、戦場に出ても、敵を倒すことができず、ただ大音響の銃声で敵を脅かすだけに終わり、役に立たぬのではないか」

「まったく」

「テッ」の命令が出て、また一斉射撃の音が轟いた。

龍之介はようやく銃に弾丸を装塡し終わった。権之助はまだ火薬を銃口から詰めている最中だった。

「第二分隊、交替の用意はいいか」

助教の声が飛んだ。

「できた」

権之助も弾丸を銃に装填した。それを見越したように、教官の声が飛んだ。

「第二分隊。第一分隊と交替！　急げ」

龍之介は第一分隊の文治郎や九三郎と入れ替わり、銃座に走り込み、伏せた。ゲベール銃を標的に向けた。

龍之介は心の中でぼやいた。

戦《いくさ》があるわけでもないのに、なぜ、こんな銃を撃つ訓練を繰り返すのだろうか。

こんな銃の練習をするよりも、木刀を揮っての稽古の方が、はるかに自身の鍛練になるのに。

「よおく狙え。今度は的を外すな」

教官の声を聞きながら、龍之介は磐梯山の山中を、天狗老師や師範代と一緒に、自由に走り回り、跳び回った修行を思い出した。

「テッ」

龍之介は引き金を引いた。また射撃音と同時に肩にあてた銃把から激しい反動が伝わった。

「よし、二番、今度は命中だ。いいぞ」

教官の声が聞こえた。

「一番、三番、外れ。四番、五番も命中」

三番の権之助はまた外れていた。メルドという権之助の罵声が聞こえた。

龍之介は驚いた。一応標的を狙ってはいたが、どうせ、当たらないと思っていた。だから、無心で撃った。それが良かったのか。

突然、後ろの指揮台の方で、流暢なフランス語のやりとりが聞こえた。振り向くと、ピエール大尉の傍らに、見慣れぬ異国人が二人立ち、藩校生の射撃訓練を見ながら談笑していた。

一人は白い髯《ひげ》を頬に生やした温厚そうな中年男性。もう一人は上背のある男で、鷲《わし》のような鼻をし、目が鋭く、陰険な顔付きをしていた。

二人はピエール大尉と朗《ほが》らかに話し合っていた。切れ切れに聞こえてくる言葉の断片から推測すると、日新館について、ピエール大尉から説明を受けている様子だった。

「第二分隊。第三分隊と交替しろ」

命令が飛んだ。龍之介は銃を携え、急いで第三分隊の訓練生と交替した。

射撃訓練が終わった。

龍之介たちは、井戸端で汚れた手足を洗い、顔を洗った。

蟬が喧しいほど鳴いている。

「見たか、あの異国人連中。あいつら、ここに何をしに来ているか、知っているか？」

鹿島明仁が勿体ぶった口調でいった。明仁は、耳寄りな情報を聞き付けると、必ず勿体ぶった言い方をする。

「なんだよ。あの連中？　フランス人なんだろう？　ピエール大尉とフランス語で話していたからな」

文治郎がいった。明仁は、指を立て、違う違うと横に振った。

「プロイセン人だ」

「プロイセン人だと？　フランス人とどう違うんだ？」

小野権之助が訊いた。明仁は笑った。

「プロイセン人は、フランス人とかオランダ人と違う。だいたい、欧州は、いくつもの国に分かれていて、いつも勢力争いや戦争をしているんだ。プロイセンは、フランスやオランダの隣国で、戦が強い国なんだそうだ」

「へえ。明仁、それで、あのプロイセン人がどうした、というんだ？」

「二人とも、武器商人だそうだ。筆頭家老の一乗寺が、会津若松に招待したそうだ」

「武器商人というのは、鉄砲を売る連中か？」

権之助が訊いた。九三郎が明仁の代わりに答えた。

「鉄砲だけではない。大砲、弾薬、火薬、爆裂弾、阿片や薬、絹布や金剛石《こんごうせき》なんかも、売り買いしているらしい」

「名前は？」

「スネル兄弟だ」

「え？　あんなに似てないのに」

「似てなくても、兄弟にいるだろう。異国人だって、同じだ」

「会津に、何をしに来ている？」

「視察だ。おれたちが、どのくらい鉄砲の操作ができるかなんてことを見に来ているんだそうだ」

九三郎が鼻を擦った。

「おれたちの射撃訓練を見て笑っていたぞ」

「いまに見ていろ。おれたちだって、練習すれば、すぐに上手くなる」

文治郎がいった。龍之介が頭を振った。

「まだまだ刀の方が使えると思うがなあ」

「龍之介、おぬし、剣術が上手いからといって、いつまでも刀に固執《こしつ》していると時代遅れになるぞ。山本覚馬先生もいっていたが、これからは鉄砲の時代になるって」

九三郎がからかうようにいった。

「さあ、帰ろうぜ、腹減った」

「帰ろう帰ろう」

権之助や文治郎が騒いだ。

龍之介は明仁や九三郎と顔を見合わせた。

「こいつら、学校が終わると、すぐ飯の話だからな。まだ餓鬼から成長していないんだな」

太陽は西に傾き、カナカナ蝉が鳴き出していた。

六

選抜仕合いの最終戦が終わった。

結局、最終仕合いは最優秀選手の二人、龍之介と秋月明史郎の対戦となったが、仕合いはあっけなく、龍之介の勝利で終わった。

一つには、龍之介が望月家の再興のために、御前仕合いに出るという噂が広まったこともある。秋月明史郎は、龍之介に同情し、仕合いをしても、ほとんど勝つ気がなかった。

しかし、誰が見ても、最近の龍之介の上達ぶりは凄まじく、本気で秋月明史郎が立ち合っても、龍之介に軍配が上がるだろうと思われた。

かくして、御前仕合いへの出場権を得たのは、選抜仕合いを経て選ばれた龍之介、伴康介師範が推挙した川上健策、安藤主馬師範推挙の井深薫の三人に決まった。

佐川官兵衛は、三人に対して、十一月の御前仕合いに備え、特訓するよう命じた。

龍之介は、さっそく大槻弦之助とともに、会津裏街道の一つ、下野《しもつけ》の裏那須《うらなす》の山に籠もり、修行を開始した。二ヵ月の特訓である。

龍之介と大槻弦之助は、裏那須のひなびた湯治場の温泉宿に泊まり込み、毎日、山や荒地を跳び回り、かかり稽古を繰り返す荒修行を行なった。

大槻弦之助は、一つ一つの技の名はいわなかったが、どの技も頭で考えずとも、反射的に軀が動いて出るように軀を鍛えた。

夏が終わり、紅葉の季節になり、二人の修行は、ようやく終わった。

大槻弦之助も龍之介も、修行が終わった時には、髭ぼうぼうで、荒法師のような容貌をしていた。

だから、二人が会津の自宅に戻った時、家族はまるで別人が訪ねて来たかのように驚いた。

二人は、久しぶりの自宅で、風呂に入り、垢《あか》を流し、髭を剃り落とし、月代を整えて、ようやく元の姿に戻ることが出来た。

七

紅葉が風に吹かれて舞い降りてくる。

十一月初め。御前仕合いの会場は鶴ヶ城北出丸の広場に設置された。鶴ヶ城を背にして、見所の台が設けられ、そこに当主松平容保様が御座りになる。左右に家老や若年寄など藩の要路が居並んだ。

見所は三方を三ッ葉葵《あおい》の御紋が付いた陣幕《じんまく》で囲まれている。

仕合い会場となる荒地の広場を囲み、見物席が設けられている。当日は武家のみならず、城下の人々も見物が許されていた。

そのため、会場の見物席には朝から大勢が押し寄せていた。

龍之介は、早朝の日の出前に起き出し、井戸端で褌一丁になって水垢離《みずごり》を取って身を清めた。水は凍《こご》えるように冷たく痛かったが、すぐに軀は燃えるように熱くなり気合いが入った。

稽古着と袴を着、いつも通り朝の素振りを行ない、鶴ヶ城の周囲を駆け足で三周した。いつもよりは軽めの運動だ。

母理恵は朝食に卵かけご飯を用意してくれた。

御前仕合いは、当主容保様が見所の御席に着くとすぐに始まる。

龍之介は、理恵と姉加世に手伝ってもらい、髪型や身仕度を整えた。洗い立ての厚手の稽古着と動き易い裁着袴《たつつけ》を着込んだ。

仕度が整うと、仏壇に線香を上げ、祖父、父、兄の位牌に祈りを捧げた。心の中で、必ず勝ちます、と誓った。

龍之介は、上がり框に腰を下ろし、草鞋《わらじ》の紐を堅く絞めて立ち上がった。

「では、行って参ります」

龍之介が、見送る母と姉に挨拶をした。

「龍之介、お待ちなさい」

母理恵は火打ち石で切り火をして、龍之介の身を清めた。

「無事に戻るのですよ。何より、あなたが無事にお戻りになるのを祈っています」

加世も傍らでうなずいていた。母も姉も、涙を堪《こら》え、無理に笑顔を作っていた。

「はい。必ず無事に帰ります」

龍之介は笑顔で、お辞儀をした。玄関の外では、若党の長谷忠ヱ門が待っていた。

「では、行って参ります」

龍之介は忠ヱ門を従え、西郷邸の武家門から堂々と歩き出した。母と姉は西郷家の武家門前まで見送りに出て来た。

龍之介の出立を知った西郷家の律子夫人と千重子夫人も顔を見せ、家人とともに龍之介たちを見送っていた。


御前仕合いに出場する剣士たちは総勢三十二人。藩内外から自薦他薦で選ばれた剣士たちだ。

今回の仕合い会場は、整地されていない草地だった。ところどころ、砂地や砂利混じりの場所もあり、足場が悪い。剣道場の板の床に馴染んだ剣士には、少々分《ぶ》が悪い。

戦《いくさ》の場は、野山が多い。それを想定しての仕合い会場だった。

龍之介にとっては、もちろん、野外での立合いは望むところだった。そのために、天狗老師や大槻弦之助の下、わざわざ山のガレ場や河原で荒修行を積んだのだ。

さらに、仕合いは、原則として、木刀、木薙刀、木槍で行なうことになっていた。胴や面などの防具はなし。真剣による勝負ではないが、打ち所によっては死ぬ危険もある。

母や姉が心配するのも、無理はないと、龍之介は思った。だが、この御前仕合いは、龍之介にとって、どうしても避けて通れない道であった。

龍之介は、指定された西の控えの間に入り、仕合いの番がくるまで待機する。控えの間といっても、陣幕で四方を囲っただけの空間で、そこに五、六人の出場者が床几に座って待つ。

控えの間にいる剣士の中には、落ち着かず、うろうろ歩き回る者がいるかと思えば、地べたにどっかりと座り、座禅を組んでいる者もいる。

龍之介は床几に腰を下ろし、腕組みをして、沈思黙考した。

太鼓が叩かれ、仕合いが始まった。

西の陣、東の陣双方の剣士の名が高らかに呼ばれ、控えの間にいた大男が勢いよく立ち上がった。

「おうッ」と気合いを掛け、木刀を提げ、のっしのっしと肩を怒らせて出て行った。

仕合い会場は静まり返った。対戦者たちは、双方向き合い、蹲踞《そんきょ》の姿勢を取り、立合いが開始される。

龍之介は、仕合い会場の様子を想像した。

気合いが発され、木刀の打ち合う響きが聞こえた。やがて、それが終わり、観客たちのどよめきが起こった。

審判の勝者の名を告げる声が聞こえた。

やがて、西の控えの間に、両脇から肩に担がれた大男が戻って来た。頭から血が流れている。大男は、そのまま控えの間を抜け、負傷者を収容する間へと連れて行かれた。

龍之介はため息をつき、目を瞑った。

最初に対戦する相手は、元米沢《よねざわ》藩士で、いまは浪士の根藤佐衛門《こんどうさえもん》ということだった。流派は北辰一刀流《ほくしんいっとうりゅう》皆伝。江戸御玉《おたま》が池《いけ》の道場で修行したとの触れ込みだった。

北辰一刀流とは、これまで闘ったことがない。龍之介は、少し不安に思ったが、何も考えず、自然体で闘え、という天狗老師や大槻弦之助の教えを信じて、心を空《から》にした。

太鼓が轟き、また呼び出しの声が聞こえた。

控えの間の中を落ち着かず、うろうろしていた小柄な男が大声で返事し、龍之介たちに「お先に」と一礼すると、木刀を手に小走りに出て行った。

午前の部には、十六仕合いが行なわれる。午後に、十五仕合いが行なわれて、優勝者が決まる。午前の部の仕合いに勝ち残らねば、午後の二回戦以降の仕合いに出ることは出来ない。

龍之介は、午前の部、六仕合い目に出場する。

またどよめきが起こった。

ほかの剣士たちの仕合いが見たかったが、自分の出番が終わらねば、観客席に出て観戦するのは憚《はばか》られた。出場剣士の都合によっては、仕合いの順番が繰り上がることもある、といわれたからだ。

控えの間に、木刀を脇に提げた小柄な男が意気揚揚と引き揚げて来た。袴の裾が破れていたが、怪我はない様子だった。

控えの間に、意外だという空気が流れた。控えにいた剣士たちは、小柄な男が勝てるとは思っていなかったらしい。

小柄な侍は係員に案内され、また龍之介たちに頭を下げ、休憩の間に出て行った。

午後の二回戦まで、休むことが出来る。

龍之介は、考えるのをやめた。無心の境地に入り、己れの名が呼ばれるまで、あたりの有象無象《うぞうむぞう》をすべて追い出した。

「望月龍之介ッ」

己れの名前が呼ばれるまで、うとうとしていたらしい。龍之介は、反射的に大声で返事をし、立ち上がった。龍之介は両手で顔を叩き活《かつ》を入れた。

龍之介は、先の小柄な侍を模し、控えの間にいる剣士たちに一礼した。

「お先に失礼いたす」

龍之介は木刀を提げ、案内係の後に従い、会場に歩を進めた。

仕合い会場は、秋の太陽の陽射しを浴び、明るく輝いていた。草はところどころにしか生えておらず、ほとんどが砂地か砂利だった。

判じ役は、御上の側用人で、護衛役の御小姓組番頭沢野大膳《さわのだいぜん》と聞いている。

東の陣から姿を現わした根藤佐衛門は、引き締まった体軀の青年剣士だった。顎がしっかりと張っている。眼光は鋭く一瞬たりとも龍之介から目を離さない。軀全体から、剣気を放っている。闘う前から剣気で龍之介を圧している。

強い。

いままで感じたことのない剣気だ。

いや、殺気か。まさか、そんなはずはない。これは公の仕合いだ。殺し合いではない。

龍之介は根藤佐衛門の発する強い剣気に、気で負けそうになった。なにくそ。

龍之介は、根藤佐衛門の剣気を跳ね返し、睨み返した。根藤の一挙手一投足、手足や軀の筋肉の動きに気を配った。相手も、龍之介の動きに探りを入れている。

判じ役沢野大膳の注意が、ほとんど耳に入っていない。

互いに目を外《はず》さず、見所の御上にお辞儀をし、対面に戻る。その間も互いに瞬きもせずに、じっと相手の軀の動き、所作を窺っている。すでに、双方の闘いは始まっていた。

「はじめッ」

蹲踞の姿勢から、木刀の先を合わせて立った。

間合い二間。

根藤佐衛門は、右八相の構え。龍之介は、青眼の構えで応じた。

龍之介はふっと全身から気を抜いた。目も伏せて半眼にし、自然体で相手に対した。

根藤佐衛門は激烈な気合いを掛け、地面を蹴って、龍之介に突進した。一気に間合いが詰まった。根藤の木刀が真っ直ぐ突き入れられて来る。龍之介は間一髪、体《たい》を回した。

体を回しながら、どうしたのか。そこから先は、龍之介もはっきりと思い出せない。ただ、己れの軀が己れの軀ではなくなっていた。反射的に相手の動きに応じて自分の軀が動いていたように思った。

気付いたら、目の前の根藤佐衛門が膝を屈していた。木刀を突き、肩を押さえ、苦痛に顔を歪めていた。目が憎々しげに龍之介を睨んでいた。出来れば、もう一太刀龍之介に打ちかかりたい。龍之介も、右胸にいくぶんか鈍い疼痛があった。根藤の打突をわずかに躱せなかったらしい。

「一本ッ。西の勝ち」

判じ役の沢野大膳が怒鳴り、手が龍之介に上がっていた。四隅の副審たちも、全員が西の赤い小旗を上げていた。

龍之介は、急いで木刀を斜め後ろに引いて構え、残心した。

見物客たちがどっとどよめき、喝采が起こった。龍之介を讃える声がいくつか聞こえた。

権之助や文治郎たちの声だった。

「双方、礼！」

龍之介は木刀を腰の脇に戻し、対戦相手の根藤佐衛門に一礼した。根藤は木刀を突き、ようやく立っていた。付き添いの供侍たちが駆け寄り、両側から肩を貸そうとした。根藤は、供侍たちの手を振り払い、木刀を突きながら控えの間へ歩き去った。

龍之介は壇上にいる御上の容保に立礼し、ゆっくりと控えの間に引き揚げた。

控えの間には、長谷忠ヱ門が心配顔で龍之介を迎えた。

「若、大丈夫でしたか」

長谷忠ヱ門は気遣った。

控えの間にいた出場者たちは、龍之介にまったく関心の目を向けなかった。他人の仕合いよりも、これから迎える己れの仕合いのことの方が重大だったからだ。

「午後の二回戦まで、休憩の間でお休みになられた方がいいでしょう。まだ時間がありましょう」

「うむ。そうしよう」

そのころになって、右胸の疼痛は先刻よりもひどくなり、しくしくと痛みはじめていた。痛む箇所に手をやると、腫れはじめていた。

休憩の間には、何台も桟敷《さじき》が置かれており、出場者は次の出番まで横になれる。龍之介も桟敷に腰を下ろし、長谷忠ヱ門が持って来てくれた湯呑み茶碗の水を飲み干した。

仕切りの幕が押し上げられ、大槻弦之助が入って来た。

「あ、先生、御出でになられていましたか」

「龍之介、よくやった。あやつは今回の御前仕合いで優勝する最有力候補に上がっていた」

「そうでしたか。道理で強かった」

大槻弦之助は龍之介の右胸を押さえた。激痛が右胸を襲った。

「やはり突かれておるな。仕合いを見ていた時、おぬしがやられた、と思った」

「大丈夫です。これしきの打撲」

「何が大丈夫だ」

大槻弦之助はどんと龍之介の胸を手で押した。激痛に龍之介は顔をしかめた。

「稽古着を脱いで、腫れを見せろ。誰か、医者を呼んでくれ」

大槻は休憩の間の係に頼んだ。係の侍はすぐに医者を呼びに出て行った。

「上半身裸になれ」

龍之介はしぶしぶ稽古着を脱ぎ、上半身裸になった。右胸付近がぷっくりと腫れ上がっている。

「これは、ひどい。濡れ手拭いで冷やした方がいい。誰か水を」

長谷忠ヱ門は全部まで聞かず、休憩の間を飛び出して行った。

入れ替わるようにして、係員に連れられた医者が入って来た。

「どうなさったかのう」

医者は龍之介の胸部の腫れ上がった箇所に触れた。激痛に龍之介は顔をしかめた。

「おう、これはひどい。どうやら、肋骨《ろっこつ》にひびが入っておるようだ。まずは打ち身の腫れを冷やさねば」

長谷忠ヱ門が水を入れた桶を運んで来た。大槻は懐《ふところ》から手拭いを出し、桶の水に浸した。十分に水を染み込ませると、濡れ手拭いを腫れた右胸に当てた。

龍之介はほっとした。腫れて熱を帯びている箇所に濡れ手拭いを当てると、痛みがかなり和らいでいく。

「先生、痛み止めを処方してくれぬか」

医者はうなずいた。

「だが、まずは腫れを冷やすことが先決だ。打ち身によく効く膏薬を処方しよう」

医者は薬箱から貼り薬用の布を取り出し、貝殻に入れた塗り薬をたっぷりと布に塗り付けた。

その膏薬を付けた布を腫れた箇所に当て、晒《さら》しでぐるぐる巻きにした。

龍之介は、晒しを巻いた胸に手をやった。ひびが入った肋骨が固定されたので、多少痛みが無くなったように感じた。

「これで、家に帰って、四、五日、安静にしておれば治りは早い」

「まだ仕合いがあるのですが」

「そうか。それは困ったのう。無理はせん方がいい、と思うが」

「大丈夫でござる。これしきの怪我、我慢できます。ありがとうございました」

龍之介は医者に礼をいった。長谷忠ヱ門が診察代はいかほどかと尋ねた。

「診察代はいらぬ。藩から頂いておるのでな。では、お大事に」

医者は龍之介、大槻、長谷忠ヱ門に頭を下げ、係員と休憩の間を出て行った。

大槻が声をひそめていった。

「龍之介、気をつけろ。おまえが対戦したあの浪人者は、おぬしを本気で殺すつもりだった」

気だった。

龍之介は、根藤佐衛門の殺気を思い出した。たしかに、あれは剣気というよりも殺気だった。

「それがし思うに、あやつは刺客《しかく》だ。ほかの出場者とはまったく違う。忠ヱ門は、根藤のことを、どう見ておられたかな？」

大槻は長谷忠ヱ門に向いて訊いた。

長谷忠ヱ門は、自分からは言わないが、居合いの心得がある。大槻は、長谷忠ヱ門の所作や立ち居振る舞いを見て、只者《ただもの》ではない、と見破っていたのだろう。

長谷忠ヱ門は、にやっと笑った。

「それがしも、あの根藤佐衛門の立合いを見て、これはおかしい、まるで遺恨仕合いか仇討ちか、ともあれ尋常な立合いではない、と思いました。きっとやつの裏には何かある、と」

長谷忠ヱ門は、考え考えいった。

大槻は腕組みをした。

「やはり、おぬしもそう思ったか。それがし、思うに、刺客は根藤一人ではない、と見ている」

「まさか」

「どうしてですか？」

龍之介は訝った。大槻は物静かにいった。

「いまは話せないが、それがしの体験からだ」

大槻弦之助の体験？

龍之介は長谷忠ヱ門と顔を見合わせた。長谷忠ヱ門は黙ったまま、何もいわなかった。

「こういう場合、腕っこきの刺客を三人は送り込む」

「三人ですか？」

「うむ。一人は一の矢、二人目は二の矢、そして三人目は、一の矢と二の矢を監視する役も担っている」

大槻弦之助はため息混じりにいった。

「一の矢が、万一、失敗すると、直《ただ》ちに二の矢が放たれる。三の矢は、二の矢が任務を果たすよう加勢し支援する。それでも、二の矢も失敗すると、三の矢が正体を現わして襲いかかる」

「二段構え、三段構えということですか」

「うむ。もし、それがしが黒幕だったら、一の矢が失敗したのを見て、次の手を打つ」

「どのような手ですか」

「次の対戦相手が要注意だ。根藤で失敗したとなれば、組合せを変え、もっと手強い刺客を、おぬしにぶつけてくる」

忠ヱ門がうなずいた。

「そうですな。黒幕はきっとどこかで、根藤の仕合いを見ていた。そして、若が根藤の突きで負傷したのを見た。負傷している若を打つのは容易《たやす》い。そう思うでしょうな」

「忠ヱ門殿、どうだろう、二人で、手分けして、龍之介の次の相手が誰になるかを調べよう。事前に知れれば、何か対策が練れる」

「畏まりました。それがしも、こころあたりがあるので、探ってみましょう」

忠ヱ門は大槻にうなずいた。

どやどやっと仕合いに勝った川上健策が、付き添いの供侍たちと連れ立って、休憩の間に入って来た。

川上健策は龍之介の顔を見、何もいわず、一礼した。龍之介も押し黙って、会釈を返した。

八

　正午になり、龍之介と忠ヱ門は、陣幕の外に出て、御堀端で昼食を摂った。母が握ってくれた梅干しを入れたおにぎりだ。

　御堀端の楓《かえで》や小楢《こなら》の葉が赤や黄色に色付き、冷たい秋の風に揺れていた。天空一面に、鰯雲《いわしぐも》が拡がっていた。

　北西から吹き寄せる風は、かなり冷えて乾いている。今日は小春日和《こはるびより》のいい天気だが、秋の天気は変わりやすく、いつまで、この陽気が続くか分からない。

　まもなく秋は終わり、本格的な冬が訪れる。

　竹筒の水を飲み、二個目のおにぎりにぱくついた。

　右胸の腫れは、湿布したお陰で、だいぶ治まり、痛みも和らいでいた。

　忠ヱ門が本部の天幕から姿を見せ、龍之介の方に急ぎ足でやって来た。

　忠ヱ門は、手に持っていた紙を差し出した。二回戦の組み合せ表の写しだった。

「若、二回戦の相手が発表されましたぞ」

　忠ヱ門は龍之介の隣にどっかりと座り込むなりいった。

龍之介と並んでいる名前には、高木剣五郎《たかぎけんごろう》と書いてあった。

「高木剣五郎？」

「出身は薩摩。浪人者です」

「薩摩か。剣の流派は示現流だな」

「事務方には薩摩示現流大目録を受けたと申告しています」

龍之介は唇を噛んだ。

薩摩示現流か。

大槻がもっとも警戒すべき剣だといっていた。いよいよ、その示現流の遣い手と対戦せねばならぬのか。

「若、大槻様のいう通り、どうも、組み合せ表はいじられていますぞ」

「いじられているだと？」

「はい。貼り出された組み合せでは、若の相手は別人で、松代《まつしろ》某《なにがし》でした。その松代某の上に棒線が引かれ、脇に高木剣五郎と訂正されていたのです」

「ふうむ。で、その松代某は」

「井深薫の対戦相手に変更されました。もともとは井深薫が対戦する予定だったのが高木剣五郎だったのです。その高木剣五郎の名の上に棒線が引かれ、松代某に変えられていたのです」

「ほかには、組み合せの変更はないのか」

「ありませんでしたね」

「姑息な。たしかに作為されているようだな」

龍之介はふっと笑った。

「しかし、勝ち残るためには、高木剣五郎とやらとは、遅かれ早かれ闘わざるを得ないのでしょう。ならば、早い方がいい」

龍之介は右腕を上げた。右胸の乳首の下付近がずきりと痛むのを覚えた。

大槻弦之助が、ゆっくりと龍之介たちがいる御堀端に上がって来た。

「先生、対戦相手が決まりました」

「うむ。それがしも聞いた。高木剣五郎だな」

「どんな剣士なのですか?」

「お目付様からお聞きしたことによると、高木剣五郎は、江戸藩邸にぶらりとやって来て御前仕合いへの出場を申し込んできたそうだ」

大槻弦之助も龍之介の前にどっかりと座った。

「通常ならただ申し込んでも、藩邸はすんなりとは受け付けない。腕前も身元も分からぬ人士ではな。だが、高木剣五郎も根藤佐衛門も、すんなりと藩邸の事務方は受け付けた」

「どうしてですか？」

「高木剣五郎の身元保証人になったのが、若年寄一乗寺昌輔だった。事務方としては受け付けざるを得まい」

「根藤佐衛門の身元保証人も一乗寺昌輔殿でしたか」

「それがおかしいのだ。根藤佐衛門の身元保証人は北原嘉門だった」

龍之介は首を傾げた。

一乗寺昌輔だけでなく、北原嘉門までが、どうして、己れを警戒し、亡き者にしようというのか、理由が分からない。おそらく、父牧之介の自害と、兄真之助の乱心とは、どこかで繋がっているのではないか。

それゆえ、一乗寺昌輔も北原嘉門も、なにかとそれがしを妨害し、江戸に行かせまいとしているのではないか。

「龍之介。高木剣五郎の示現流と、どう戦ったらいいのか教示しておく」

大槻は腕組みをしていった。

「お願いします」

「これまでの荒修行で、真正会津一刀流に必要な基本の技は修練させた。ほぼ八分程度はできている」

「そうでしたか。知りませんでした」

龍之介は驚いた。

「ははは。これは何の技だと、いちいち教えるものではない。何度も同じ組太刀稽古をやったろう？　知らず知らずのうちに、おぬしは基本技を習得しておるのだ。まだ甘い点もあるが、それはこれから鍛練すれば身に付く」

「しかし、自分には、何が身に付いたのか、さっぱり分かりませんが」

「それでいい。軀に技が染み込んでいる。自然体で臨めば、軀が稽古の動きを覚えていて、考えずとも技が出るのだ。おぬしには、相手の攻撃を躱す術が身に付いている。むしろ、頭で考えると、技は遅れる。修練した自分の軀を信じて任せるのだ」

「そうですか」

龍之介は半信半疑で、己れの手や腕、胸や脚を見た。

「ははは。まずは余計なことを考えず、無心になれ。無我《むが》の境地になって敵に対する。そうすれば、知らぬ間に自然体になり、無意識のうちに相手に対応している。それが真正会津一刀流の極意だ」

敵を前にして、無心になる？　無我の境地で敵に対する？

そんなことが出来るというのか？

天狗老師や大槻弦之助先生だったらいざ知らず、とても己れには出来そうにない。

龍之介はため息をついた。

「ははは。そう心配するな。慣れれば、すぐに無我の境地になれる。そうなれば、おぬしは無敵だ」

「自分には自信がありません」

大槻は大きくうなずいた。

「いまは、仕方がない。まだ、おぬしは真正会津一刀流の二段に上がったぐらいの腕前だからな」

天狗老師は、初段合格といっていた。今度は大槻弦之助先生は、二段昇格と認定してくれた。少しは上達しているらしい。

「ところで、高木剣五郎だ。前から申しておることだが、示現流には二の太刀はない。我が真正会津一刀流も二の太刀はない。だが、それは弱点でもある」

「弱点ですか？」

「そうだ。相手には、一の太刀しか頭にないから、二の太刀を遣う事態への対応がない」

「なるほど。だとすると、相手を、二の太刀を遣わざるを得ないような体勢に追い込めばいいのですね」

「そうだ。相手の一の太刀を消す。一の太刀を遣えぬようにする」

大槻はうなずいた。

「できるか？」

「やってみるしかありませんね」

龍之介は、あれこれと方法を考えたが、いい考えは思いつかなかった。

「もう一つ、一の太刀を消す方法がある」

「どうするのでしょうか？」

「相手が刀を上げて打ち込もうとする起《お》こり頭《あたま》の『お』に、おぬしが打ち込むのだ」

「どういうことか、分かりません」

大槻は忠ヱ門に向いた。

「忠ヱ門は居合いをやるから、起こり頭の『お』は分かるだろう」

「はあ。居合いでも、相手が大刀を抜こうとする、その一瞬の気を感知し、先に手を伸ばし、相手の刀の柄頭《つかがしら》を押さえ、刀を抜けないようにする手があります」

「そう、それだ。分かるか」

「起こり頭の『お』ですか?」

龍之介は頭の中で相手が刀を起こそうとする寸前を想像した。

「そうだ。起こりの『お』だ。『おこ』になったら、もう遅い。起こり頭の『お』の時に、叩けば、敵の一の太刀を消せる。先手必勝。おこりの『お』に、おぬしの方が一の太刀を出せ。そうすれば高木剣五郎に勝てる」

「は、はい」

龍之介は、目を白黒させながらうなずいた。

そんなことが己れには出来るのだろうか。龍之介は不安に思った。

大槻は笑った。

「忠ヱ門、龍之介に起こり頭の『お』で打ち込む手本を見せてやれ。何度も練習をすれば、龍之介もできるようになる」

忠ヱ門は龍之介に向き直った。

「若、それがしが刀の柄を握り、刀で若を斬ろうとします。それがしが、刀を抜こうとする起こり頭を、まず会得してください」

「うむ」

　龍之介は忠ヱ門に向き直った。忠ヱ門は刀の柄に手をかけ、気を高めた。龍之介は、忠ヱ門の気に気を合わせ、抜こうという起こり頭の気の動きを感じ取ろうとした。なかなか出来ない。何度も何度も失敗したが、諦めずに繰り返すうちに、龍之介は、起こり頭を捉えることが出来るようになった。さらには起こり頭の「お」に反応することが出来るようになった。

「そう。それでござる」

　忠ヱ門はうれしそうにうなずいた。

　大槻も龍之介の勘《かん》の良さに目を細めた。

九

　見所の雛壇には、御上をはじめ、家老たちが戻り、席に着いた。

　太鼓が轟き、午後の部の第二回戦の開始が告げられた。

　第二回戦では、第一回戦で勝ち進んだ十六人が対戦する。八仕合いが行なわれ、八人が勝ち上がる。

　龍之介は控えの間で、床几に座り、静かに待った。胸の腫れは、かなり治まったものの、少し軀を動かすだけでも、胸の部分にずきりと痛みが走る。晒しを幾重にも胸に巻き直したため、上半身の動きが鈍い。だが、仕合いが出来ないほどの怪我ではない。死ぬ気で闘えば、痛みなんぞ気にならなくなると、龍之介は己れに言い聞かせるのだった。

西の控えには、八人の剣士がいた。会場からの呼び出しがかかると、一人ずつ返事をして出て行く。

そして、意気揚揚と戻って来る者と、怪我をしたり、肩を落として戻って来る者とに分かれる。

四番目に龍之介の名が呼ばれた。

龍之介は木刀を提げ、仕合いの会場に出て行った。歩きながら、観客たちの桟敷に目をやった。

権之助たちの顔が揃っていた。その近くに大槻弦之助と長谷忠ヱ門がいた。

さらには、西郷邸の女塾の娘たちも勢揃いしている。彩や優美たちと並んで奈美の顔も見えた。

龍之介は気を取り直し、仕合い場に足を踏み入れた。

今回の判じ役は佐川官兵衛だった。副審には、安藤師範や伴康介師範たちが着いていた。

高木剣五郎も入場して来た時から、根藤同様に龍之介を睨み、目を片時も外さなかった。

高木の剣気は、根藤佐衛門の殺気ほどではないが、絶対にこいつを打ちのめすという気迫に満ちていた。

龍之介はあえて高木剣五郎の剣気を無視し、平静を装った。高木に剣気を募らせるだけ募らせ、心を乱す。そう思うと、龍之介には、むしろゆとりが出てきた。

龍之介は見所に居る御上に一礼した。そして、高木剣五郎と向き合った。立礼を交わし、木刀を構え、蹲踞の姿勢を取った。

龍之介は、高木剣五郎の目が釣り上がった顔を見た。顔立ちは、歌舞伎役者の団十郎を思わせるように目鼻立ちが整っている。さぞ、女たちを泣かしただろう、と龍之介は笑った。

高木剣五郎は龍之介の笑い顔を見、さらに目を怒らせた。龍之介の笑い顔を嘲笑《ちょうしょう》だと思ったらしい。

向かい合った高木の剣気は、みるみるうちに怒気を高め、殺気になっていく。龍之介は冷静に高木の気を計りながら、立ち上がった。

「はじめ！」

佐川官兵衛の声が上がった。

高木は木刀の先で、龍之介の木刀の先をぱしりと強く叩いた。それをきっかけにして高木は木刀を上段に引き上げ、一の太刀を打ち込もうとする。

龍之介は、その起こり頭の「お」を逃さなかった。

龍之介は「お」の瞬間、高木の足元に足から滑り込んだ。木刀を振り上げた高木は、足元に龍之介が滑り込んで来たので慌てた。

龍之介は木刀を、下から高木の胸元に突き上げた。

「な、なんと」

高木は木刀で龍之介の木刀を打ち払いながら、思わずよろめき体《たい》を崩した。すかさず、龍之介は飛び起き、気合いもろとも高木に一の太刀を打ち下ろした。

高木は両手で木刀を掲げ持ち、打ち込みを防ごうとした。龍之介の一の太刀が高木の木刀に打ち下ろされた。へし折れる音が響いた。

龍之介は飛び退き、木刀を下段に構えて残心した。

「まいった」

高木は真っ二つに折れた木刀を手に、呆然と座り込んでいた。

「西、望月龍之介、……勝ち！」

佐川官兵衛が西陣の龍之介に手を上げていた。副審たちも、全員、西の赤い小旗を上げている。

龍之介は、打ち込んだ時に襲った右胸の激痛に顔をしかめ、しばらく動けず、その場にじっと立ち尽くした。高木が龍之介の様子に怪訝な顔をして見ていた。

「龍之介、大丈夫か」

判じ役の佐川官兵衛が龍之介に、心配顔で訊いた。

「はい、大丈夫です」

龍之介は痛みを堪えて笑顔を作り、高木と立礼を交わした。さらに、見所の御上に、一礼した。見所から、喝采が起こった。家老たちが手を叩いている。

「天晴《あっぱ》れ天晴れ」

御上の声が聞こえた。

見物客たちはどよめき、一斉に喝采をして、龍之介の健闘を讃えた。

龍之介は右胸の痛みを手で抑えながら、控えの間に引き揚げて行った。

控えの間には、忠ヱ門が待っていた。龍之介は忠ヱ門に促され、休憩の間に向かった。

休憩の間には、大槻と娘の奈美が待っていた。大槻が命じた。

「龍之介、痛むのだろう。晒しを取り替える。稽古着を脱げ」

「はい」

龍之介は稽古着を脱いだ。幾重にもきつく巻いた晒しが緩んでずれていた。晒しに血が滲んでいた。腫れていた箇所の皮膚が破れて、一部出血していた。

「龍之介様、お水をどうぞ」

奈美が水の入った手桶を差し出した。

「かたじけない」

手桶を受け取り、口をつけてごくごくと水を飲んだ。その間に、大槻は汚れた晒しを外した。

「また、だいぶ腫れ上がったな。どうやら、突きの痕が傷になったようだ」

大槻は腫れた胸の一部が鬱血《うっけつ》して黒ずんでいるのを見付け、医者が出してくれた塗り薬をたっぷりと塗り込んだ。

奈美が柔らかい白布を腫れた箇所に当てた。

「両腕を上げろ」

龍之介は奈美に心配するな、と笑顔を作り、両腕を上げた。

大槻は真新しい晒しを龍之介の上半身にぐるぐると巻き付けて固定した。

龍之介は深呼吸をした。呼吸する度に、胸の奥に激しい痛みが出る。ひびの入った骨が折れてずれたのかも知れないと龍之介は思った。

「痛むか」

「大丈夫です。このくらいの痛みは」

龍之介は右腕を回し、痛みの具合を見た。腕を動かす度に胸のあちらこちらに鋭い痛みが走る。

「次の仕合いは、やれそうか？」

「はい。大丈夫です。少し休めば、元気になります」

奈美は真剣な眼差しで龍之介を見つめた。

「心配いたすな。痛みがあるということは、生きている証拠。この程度の怪我、我慢できぬようでは男ではない」

龍之介は奈美に心配をかけまいと、痩せ我慢をして作り笑いした。大槻は笑いながらいった。

「次の仕合いまで、まだ間がある。奈美、龍之介を休ませてやろう。われわれがいては、休みたくても休めまい。さ、出よう」

大槻は、奈美に行こうと促した。奈美は心配そうだったが、大槻に背を押され、休憩の間から振り返り振り返りしながら、出て行った。

龍之介は稽古着を羽織り、桟敷に横になった。なぜか、急激に眠くなった。軀が休養を欲求していた。龍之介は、ほどなくことんと眠りの世界に落ちて行った。

十

右胸に受けた打撲傷の痛みは一向に引かなかった。

龍之介は肋骨に痛みがあることを相手に悟られぬよう、あまり木刀を振るわず、相手の出方を待つ戦法に切り換えた。

第三回戦の相手・丸山徳兵衛《まるやまとくべえ》は、信州《しんしゅう》浪人で、腕前は神道無念流《しんとうむねんりゅう》免許皆伝。名は体《たい》を表わすというが、丸山徳兵衛は、見るからに温厚で穏やかな剣士だった。

仕合いが始まった。龍之介も丸山も飛び退き間合いを取った。

間合二間。

丸山は青眼に構えた。龍之介は丸山の仕掛けを待った。だが、いくら挑発しても、丸山は激せず、冷静で、誘いに乗って来ない。龍之介は、右八相に構えたまま、丸山徳兵衛の動きをじっと窺った。

丸山も、じっと龍之介の動きを睨み、動かない。龍之介は、仕方なく、持久戦を覚悟した。木刀を構えたままじっと待つのは気力だけでなく、体力がいる。いつ打ち込んでも打ち込まれてもいい姿勢を保つのは簡単なことではない。次第に腕が疲れ、軀も硬直してくる。

龍之介は、大槻の教えを思い出した。無心になれ。無我の境地になれ。自然体になれ。

午後の太陽の陽射しが燦々と照らしている。その中で、龍之介と丸山徳兵衛は、じっと構えたまま、時が流れるのに身を任せた。

龍之介は、心を無にし、自然体にして、すべてを軀に任せた。

判じ役の佐川官兵衛の呼吸も聞こえる。龍之介は、目を半ば瞑り、耳に入ってくる自然界の気配に浸った。見物客の騒めきも聞こえてくる。

龍之介は、はっと気の動きを感じた。丸山徳兵衛が、ついに動く。

瞬間、龍之介の軀が反応し、右足を前にすすっと進め、軀を沈めた。空を切って、丸山の木刀が龍之介の軀を掠め流れた。龍之介は、丸山の木刀を躱し、同時に木刀で左から右に払い胴を抜いた。

龍之介は叫びながら、木刀を丸山の胸の前で寸止《すんど》めした、つもりだった。

「胴ッ」

「まいった」

丸山は胸を打たれ、よろめいた。

龍之介はしまった、と叫んだ。右胸の痛みのため、寸止めが利かず、木刀が丸山の胸に入ってしまったのだ。

判じ役の安藤主馬師範は、さっと手を西に上げた。

「西、望月龍之介の勝ち」

副審たちも、一斉に西の赤の小旗を上げていた。

龍之介は、救護係に肩を借りて引き揚げて行く丸山に、申し訳ない、と頭を下げた。

事情を知らぬ観客たちから、喝采が起こった。龍之介は唇を嚙み、見所の御上に一礼し、そそくさと控えの間に引き揚げた。

龍之介は休憩の間に戻り、待っていた大槻と忠ヱ門に、素直に失敗しましたといった。

「ようやった。次の仕合いに勝てば、いよいよ決勝だ。気力で頑張れ」

大槻が笑いながら励ました。

「はい。大丈夫です。気力で勝ちます」

胸の打撲の痛みは言い訳にならない。サムライは、いかなる理由があろうが、最後まで全力を出して戦わねばならない。そうした信念がサムライをサムライたらしめている、と常々日新館道場で教えられている。

「いまの立合いは、さぞ疲れたろう」

大槻は労《いた》わるようにいった。

「いまのうち休んでおけ。少しでも軀を休ませろ」

「はい。それがし、少し休みます」

龍之介は、桟敷に倒れ込むように横たわった。いまの持久戦で、正直、心身とも疲れていた。


寝ている間に騒ぎが起こっていた。

龍之介は、はっとして桟敷に起き上がった。

出場者の一人が救護の侍たちに運び込まれ、医者が呼ばれていた。

「何事だ？」

龍之介は傍らにいた忠ヱ門に尋ねた。

「いまの仕合いで、川上健策殿が相手を倒して勝ったものの、自らも負傷し、ここに担ぎ込まれたのです」

「川上が負傷した？」

龍之介は起き上がろうとして、激痛に顔をしかめた。離れた桟敷に横たわる川上を見た。

医者が右腕に添え木を当て、包帯を巻いていた。

骨折したのか。

「相手は？」

「相手の浪人者は鎖骨を折られ、なおかつ昏倒して、意識がないそうです」

「どんな戦いだったのか」

「それがし、直接見ていないので、なんともいえません」

龍之介は困惑した。

第三回戦は、二回戦を勝ち残った八人で争われる。そして四人の勝者が勝ち残る。

龍之介は、丸山徳兵衛に勝って、第四回戦の準決勝に進むことになった。

準決勝は三回戦を勝ち進んだ四人で争うことになるのだが、三回戦で勝った龍之介は、次に、川上健策と浪人者の仕合いの勝者と対戦することになっていた。

その勝者の川上健策が、右腕を骨折したとなると、四回戦に出場出来なくなる。

川上健策が骨折した腕を三角巾で吊るしながら、龍之介に歩み寄った。

「残念だが、それがし、次の仕合いは棄権します」

「ほんとに残念だったな。おぬしと戦うのを楽しみにしていたのだが」

「望月さんの健闘を祈ります」

「うむ。ありがとう。腕、大事にな」

龍之介は川上を労《いたわ》った。

川上は付き添いの供侍に抱えられ、いくぶん片足を引きずりながら退場した。

「あいつ、足も怪我していたのか」

龍之介は痛々しい姿の川上を見送った。

まもなく、仕合い係の侍がやって来て、龍之介に告げた。

「大会規定により望月龍之介……は、準決勝不戦勝です。決勝仕合いまで、休憩の間でお待ちください」

「それがしの決勝の相手は、誰でござるか？」

「これから始まる準決勝の勝者がお相手となります」

「誰と誰が対戦なさるのですか？」

係の侍は、手にした組み合せ表を龍之介に見せた。

「東は仏光五郎、西は松代次郎左衛門《じろうざえもん》です」

龍之介は忠ヱ門と顔を見合わせた。

「松代姓の出場者はほかにいますか？」

「いえ。出場者の中で松代姓は、この方ひとりです」

「では、わが日新館道場の井深薫は、この松代次郎左衛門に敗れたのですか」

「さようで。日新館道場の選抜代表は、望月殿だけになりました」

「仏光五郎先輩がまだ残っているが」

「仏光五郎は、日新館道場の選抜代表ではなく、一般応募で勝ち上がってきた剣士です。まあ、日新館道場のためにも、最後まで頑張ってください」

係の侍は会場へ引き揚げて行った。

もしかすると、仏光五郎先輩と対戦することになるのか。

仏光五郎は、天狗老師に師事した兄弟弟子になる。天狗老師から破門されたが、対戦するとなれば、やはり同門対決になる。

仏光五郎は、龍之介の技の程度をよく知っている。明らかに龍之介よりも、真正会津一刀流について、その手の内をよく知っている。

出来れば戦いたくない相手だ。

松代次郎左衛門が、どんな剣士か知らないが、松代次郎左衛門と戦えれば、と龍之介は思った。だが、なんとなく、仏光五郎と戦うことになるだろう、という予感がした。

十一

龍之介の悪い予感は当たった。

仏光五郎は、松代次郎左衛門を打ち倒し、準決勝を勝ち上がった。

大槻弦之助は慰めるようにいった。

「龍之介、たしかに技では仏光五郎の方が上だ。だが、おぬしは、仏と剣に対する心構えが違う。仏にとって剣は殺しの武器だ。おぬしの剣は違う。人を活かそうとする剣だ」

「はい。自分はそう思っています」

「しかも、おぬしには、どうしても勝ちたいという理由もある」

「はい」

龍之介は、父牧之介と兄真之助を思い浮かべた。二人の死の真相を知るためにも、なんとしても仏光五郎に勝ちたい。

「おぬしは、勝てる。心で勝てる」

「はい」

龍之介は、仏には心で勝つと、自分自身に言い聞かせた。

「自然体を忘れるな。仏光五郎に勝つには、無念無想、無我の境地になって、自然体で戦う。それしかない。いいな」

「はい。先生の教えの通りにやってみます」

「うむ。行け」

大槻弦之助は、とんと龍之介の背を叩いた。右胸に痛みが走った。だが快い痛みだった。

龍之介は、勇躍、仕合い会場への通路を歩んだ。

決勝仕合いの判じ役は、指南役佐川官兵衛ではなく、御小姓組番頭沢野大膳に替わっていた。

佐川官兵衛は、副審に回っていた。

龍之介と仏光五郎は、正面の見所の御上容保に一礼し、互いに向かい合った。

龍之介と仏光五郎は互いに立礼した。

仏光五郎はカマキリのような顔に大きな眼をぎょろつかせ、不敵な笑みを浮かべていた。

「はじめ！」

沢野大膳の声が響いた。

蹲踞の姿勢から、木刀の先を叩き合い、さっと飛び退いて間合いを作った。間合二間。すぐに一足一刀の間合いになる。

仏光五郎は、木刀を青眼に構えた。龍之介も相青眼に構えた。

周囲の見物客や見所の上役たちの姿が消えた。龍之介は荒地の広場に仏光五郎と二人きりで向き合っていた。風もない。あたりは静まり返っている。龍之介は無我の境地に入ろうとしていた。

仏光五郎は、突然、へらへら笑いながら、龍之介にいった。

「おい、龍之介、おぬし、肋骨を折られておろう」

「…………」龍之介は思念を破られた。

「隠すな。右肩や右腕の動きを見れば、そんなことはすぐに分かる」

「だから、どうした」

「おれは、おぬしが怪我をしていようがいまいが、遠慮しない。寸止めもしない。いいな」

「それがしも遠慮はせぬ。正々堂々対戦いたす」

「強がりをいうのも、いまのうちだ。行くぞ」

仏光五郎の軀が龍之介に向かって跳んだ。同時に木刀が、龍之介を狙って振り下ろされた。

龍之介は木刀で打ち払った。右胸に激痛が走った。打ち払う力が弱い。そのため、仏光五郎の木刀が稽古着の袖を引き裂いた。

龍之介は退き、間合いを取った。

「なんだ、打ち払う力もないのか。がっかりだな」

仏光五郎は、木刀を右八相に構え、素早く右に回りながら木刀を龍之介にまた打ち込んだ。前よりも強い破壊力のある打突だった。龍之介はまた飛び退いて、仏光五郎の強烈な打突を避けた。

「おい、逃げるな」

仏光五郎は、まっしぐらに龍之介につつーと突進し、木刀を突き入れた。龍之介は引きながら、木刀を叩き落とした。また激痛が右胸を襲った。再度、仏の木刀が突いてくる。龍之介は、また後ろに飛び退いた。痛みが激しくなった。龍之介は、歯を食いしばった。

いつの間にか、龍之介は、陣幕まで追い詰められていた。これ以上、後はない。仏光五郎がにんまりと笑った。

「おいおい、どうした？　逃げてばかりいたら、仕合いにならんぞ」

絶体絶命だった。

龍之介は呼吸を整え、眼を伏せた。心を無にし、仏光五郎の気配を探る。

「お、無念無想の境地に逃げようってえのか。龍之介、無心になれば、戦えるなんて思うなよ」

龍之介は青眼に構え、眼を瞑って、仏光五郎に対した。仏の罵詈雑言を聞き流し、心から絞め出した。心が落ち着いてきた。瞑った目に、ぼんやりと青白い人影が浮かんだ。

これは心眼か？　天狗老師との稽古で心眼について習ったことがある。その時には、見えなかった。

龍之介は、じりじりと木刀を下げ、心眼で青白く光る仏光五郎の影を見つめた。

「ははは。心眼でそれがしが見えるというのか。馬鹿な」

仏光五郎の軀が左に動き、木刀を龍之介に無造作に振り下ろす。龍之介は、さっと右手に走り、仏光五郎の木刀を躱した。考えずとも軀が動くのを感じた。仏光五郎の呻くような声が聞こえた。

「もう遊びの時間は終わりだ。決着を付ける。覚悟しろ」

龍之介は目を瞑ったまま、木刀を左後方に下げて構えた。心眼で、仏光五郎の青白い光に包まれた姿を捉える。

仏光五郎は木刀を大上段に振りかざし、龍之介に向かって一気に進み、間合いを詰めた。

一足一刀の間合い。

龍之介は右足を滑らせ、上体を右に沈めた。仏光五郎の木刀が空を切って地べたに落ちた。龍之介は反射的に木刀を左から上方に向けて払った。手応えがあった。仏光五郎の胸を木刀が抜いていた。

「うッ」

呻き声が聞こえた。

龍之介は飛び退き、眼を開け木刀を青眼に戻した。

仏光五郎はぽとりと木刀を落とし、その場に蹲《うずくま》った。声が出ない様子だった。

龍之介は、木刀を右後方に下げ、残心した。

「西、望月龍之介の勝ち」

判じ役沢野大膳が龍之介に手を上げた。副審たちも西の赤い小旗を上げていた。

固唾を呑んでいた見物客たちは、どっと沸いた。すぐに、一斉に喝采が起こった。

龍之介は、仏光五郎の傍に歩み寄った。

木刀で胸を抜く時、寸止めをした、つもりだった。右胸に激痛が走り、今回も寸止めが中途半端になっていた。

「畜生め。よくもやりやがったな」

仏光五郎は胸を押さえながら呻いた。額に脂汗《あぶらあせ》をかいている。

「本気で打っていたら、肋骨、全部へし折っていたところでしたよ」

龍之介はいった。

「今回は油断したおれが敗けた。次は容赦しない。覚えてろよ」

仏光五郎は口惜しそうに吐き捨てた。

「望月龍之介、御上がお呼びだ。ご挨拶をせい」

沢野大膳が厳粛な顔でいった。

龍之介は、木刀を脇に携え、見所の雛壇に一礼した。

「望月龍之介、近こう寄れ」

壇上から容保の声が聞こえた。

龍之介は腰を屈め、壇の前に進み出た。

「面《おもて》を上げい」

龍之介は地べたに正座し、顔を上げた。

細面のきりりとした引き締まった顔の容保が微笑していた。

「その方、右胸に怪我をしておるそうだな。なのに、よく最後まで踏ん張って戦った。その会津魂、天晴れである。何か、望むものはあるか」

「お願いの儀がございます。なにとぞ望月家の取り潰しを取り消していただきたく……」

突然、容保の隣にいた筆頭家老一乗寺常勝が、大声でいった。

「これは御前仕合いの場だ。直訴する場ではない」

「一乗寺、堅いことを申すな。望月龍之介、おぬしは栄えある優勝者だ。望むものを何なりと申せ。なんでもいいぞ」

龍之介は大声で申し上げた。

「それがしの望月家お取り潰し処分、ぜひとも、お取り消しくださいますよう、お願いいたします」

　龍之介は平伏した。

「なに、取り潰し処分の取り消しだと？」

　容保は怪訝な顔をした。

「どういうことだ、筆頭家老」

「はい。それは、畏れ多くも……」

　一乗寺常勝は扇子《せんす》を開き、容保に耳打ちした。

　すると、別の人影が容保の傍ににじり寄った。

「殿、畏れながら」

　家老の西郷近思だった。西郷近思は、容保にこれまた何事かを進言した。

「それがしからも、望月家の処分取り消しのこと、ぜひにお願いいたします」

　容保は龍之介に顔を向けた。

「分かった。余は褒美として望むものを取らせると申した。いいだろう。おぬしのいう望月家の取り潰し処分は、取り消そう。禄も元に戻すようにいたそう」

「ありがとうございます」

　龍之介は、ひたすら平伏し、感謝した。

見物客が喝采をした。

それは望月龍之介への温かい応援の喝采だった。喝采はしばらくやまなかった。

龍之介は、喝采が落ち着くまで頭を下げて平伏していた。

「おい、龍之介、もう顔を上げろ。御上はご退席なさったぞ」

佐川官兵衛が龍之介の肩を叩いた。

「佐川官兵衛先生、ありがとうございました。おかげさまで……」

龍之介はあとは涙で声が出なかった。

「龍之介、よかったなあ」

権之助たちの声が聞こえた。

龍之介は顔を上げ、嬉し涙を袖で拭き、会場を振り向いた。

見物客たちはぞろぞろと帰って行く。残った人たちの中に、母理恵と姉加世が抱き合って泣いている姿があった。母も姉も家で待って居れずに密かに見に来ていたのだ。

龍之介はようやく安堵した。天を仰ぎ、父牧之介と兄真之助にお家を守ったことを報告した。

大槻弦之助とおゆき、幸を抱えた奈美の姿もあった。奈美は龍之介に手を振っていた。龍之介は立ち上がり、母たちにゆっくりりと歩き出した。その時になって、右胸がまたしくしくと痛み出した。まるで、これで安心してはだめだぞ、まだ事件の真相を調べる件がある、と戒《いまし》めているかのようだった。

鶴ヶ城で太鼓の音が響き出した。

下城の時刻を告げる太鼓だ。

太陽は西に傾き、城の白壁を茜《あかね》色に染めていた。

遠く磐梯山が白い煙を上げていた。

参考文献

早乙女貢著『会津士魂』シリーズ（集英社文庫）
星亮一著『会津武士道「ならぬことはならぬ」の教え』（青春新書インテリジェンス　青春出版社）
星亮一著『偽りの明治維新』（だいわ文庫）
中村彰彦著『会津武士道』（ＰＨＰ文庫）
中国の思想『孫子・呉子』（村山孚訳・徳間文庫）

時代小説

二見時代小説文庫

隠《かく》し剣《けん》御留流《おとめりゅう》 会津武士道《あいづぶしどう》 3

二〇二二年 十 月二十五日 初版発行

著者 森《もり》 詠《えい》

発行所 株式会社 二見書房
〒一〇一-八四〇五
東京都千代田区神田三崎町二-一八-一一
電話 〇三-三五一五-二三一一 [営業]
〇三-三五一五-二三一三 [編集]
振替 〇〇一七〇-四-二六三九

印刷 株式会社 堀内印刷所
製本 株式会社 村上製本所

落丁・乱丁本はお取り替えいたします。定価は、カバーに表示してあります。

ISBN978-4-576-22145-8
https://www.futami.co.jp/

森詠

会津武士道 シリーズ

以下続刊

①会津《あいづ》武士道1 ならぬことはならぬものです

②父、密命に死す

③隠し剣 御留《おとめ》流

江戸から早馬が会津城下に駆けつけ、城代家老の玄関前に転がり落ちると、荒い息をしながら「江戸壊滅」と叫んだ。会津藩上屋敷は全壊、中屋敷も崩壊。望月龍之介《もちづきりゅうのすけ》はいま十三歳、藩校日新館にて文武両道の厳しい修練を受けている。日新館に入る前、六歳から九歳までは「什《じゅう》」と呼ばれる組で会津士道に反してはならぬ心構えを徹底的に叩き込まれた。さて江戸詰めの父の安否は？ 剣客相談人（全23巻）の森詠の新シリーズ！

氷月 葵

神田のっぴき横丁 シリーズ

以下続刊

① 神田のっぴき横丁1 殿様の家出

② 慕われ奉行

次は勘定奉行か町奉行と目《もく》される三千石の大身旗本真木《まき》登一郎《といちろう》、四十七歳。ある日突如、隠居《いんきょ》を宣言、家督《かとく》を長男に譲って家を出るという。いったい城中で何があったのか？　隠居が暮らす下《しも》屋敷は、神田《かんだ》のっぴき横丁に借りた二階屋。のっぴきならない人たちが〈よろず相談〉に訪れる横丁には心あたたまる話があふれ、なかには〝大事件〟につながることも……。心があたたかくなる！　新シリーズ！

牧 秀彦

南町 番外同心

シリーズ

以下続刊

①南町 番外同心1 名無しの手練《てだれ》
②南町 番外同心2 八丁堀の若様

名奉行根岸肥前守《ねぎしひぜんのかみ》の下、名無しの凄腕拳法番外同心誕生の発端は、御三卿《ごさんきょう》清水《しみず》徳川家の開かずの間《ま》から始まった。そこから聞こえる物《もの》の怪《け》の経文を耳にした菊千代《きくちよ》（将軍家斉《いえなり》の七男）は、物の怪退治の侍多数を拳のみで倒す〝手練〟の技に魅了され教えを乞うた。願いを知った松平定信《まつだいらさだのぶ》は、『耳嚢《みみぶくろ》』なる著作で物の怪にも詳しい名奉行の根岸にその手練との仲介を頼むと約した。「北町の爺様」と同じ時代を舞台に対を成すシリーズ！